SONRISAS EN NAVIDAD

Helen Brooks

HARLEQUIN®

Editado por HARLEQUIN IBÉRICA, S.A.
Hermosilla, 21
28001 Madrid

SONRISAS EN NAVIDAD, Nº 1546 - 1.12.04
Título original: The Christmas Marriage Mission
Publicada originalmente por Mills & Boon®, Ltd., Londres.

I.S.B.N.: 84-671-2211-0
Depósito legal: B-42306-2004
Editor responsable: Luis Pugni
Composición: M.T. Color & Diseño, S.L.
C/. Colquide, 6 - portal 2-3º H, 28230 Las Rozas (Madrid)
Fotomecánica: PREIMPRESIÓN 2000
c/. Matilde Hernández, 34. 28019 Madrid
Impresión y encuadernación: LITOGRAFÍA ROSÉS, S.A.
c/. Energía, 11. 08850 Gavá (Barcelona)
Fecha impresion para Argentina:16.1.06
Distribuidor exclusivo para España: LOGISTA
Distribuidor para México: CODIPLYRSA
Distribuidores para Argentina: interior, BERTRAN, S.A.C. Vélez Sársfield, 1950. Cap. Fed./ Buenos Aires y Gran Buenos Aires, VACCARO SÁNCHEZ y Cía, S.A.
Distribuidor para Chile: DISTRIBUIDORA ALFA, S.A.

Capítulo 1

LA oficina era muy lujosa. Estaba decorada en tonos ocres y amarillos y el suelo era de madera. Kay podía percibir una leve sensación de urgencia tras las puertas de cristal que iba dejando a los lados mientras se dirigía al despacho del jefe, pero a pesar de eso reinaba un aire de tranquilidad.

Llamó a una puerta con la placa «Srta. Jenna Wright. Secretaria del Sr. Grey», y esperó hasta que la mujer apartó la vista del ordenador y se levantó a abrirle la puerta. Aquel rostro frío no le devolvió la sonrisa, y era tan poco amigable que Kay se limitó a decir:

–Tengo un paquete para el señor Grey. Me han dicho que es urgente.

La mujer extendió el brazo y recogió el sobre con unas maneras insultantes. Debía de considerar que hablar con un mensajero era rebajarse, pensó Kay mientras sentía cómo examinaba detalladamente su cazadora de motorista y sus pantalones de cuero. Luego dejó el sobre en la bandeja de «urgente» y habló por primera vez:

–Espere fuera hasta que el señor Grey lo haya examinado.

Qué encantadora. Kay se giró bruscamente, con las mejillas ardiendo de rabia, y salió del despacho sin decir una palabra. Se dirigió a una sala de espera para las visitas y al llegar se sentó en un enorme sofá y se enfrascó en una de las lujosas revistas que había por allí. La empresa que la había contratado para llevar unos documentos a Grey Cargo Internacional le había dicho que obtendría respuesta en el momento, así que tenía que esperar. ¡Que la secretaria del señor Grey se molestara en ir a buscarla!

Estaba absorta leyendo la revista cuando sintió que no estaba sola. Levantó los ojos esperando ver la inmaculada figura de la secretaria, y se quedó paralizada mientras una voz aterciopelada le preguntaba divertida:

–¿Interesante?

Era un hombre alto, por lo menos un metro ochenta y cinco, y tremendamente guapo, de una hermosura dura, fría, con unos ojos azul metálico y pelo negro que no invitaban a la dulzura ni a la calidez, y un imponente cuerpo musculoso sin un gramo de grasa.

–¿Perdone?

Fue lo único que pudo decir mientras intentaba reponerse de la impresión que la mantenía pegada al asiento.

–La revista –respondió él, señalándola con impaciencia–. ¿Qué es eso tan fascinante: el desfile más reciente o un nuevo peinado?

Su tono condescendiente fue como una inyección de adrenalina para ella. Se puso en pie rápidamente y trató de poner orden en su montón de rizos pelirrojos, que al quitarse el casco de la moto siempre se rebelaban. Respiró hondo.

–Ninguna de las dos cosas –contestó gélidamente–. Era un artículo sobre lo cerdos que pueden ser los hombres, y que me perdonen los cerdos.

Después de una breve pausa, Kay percibió con satisfacción que tanto el tono divertido como la condescendencia habían desaparecido cuando el hombre preguntó:

–Usted es la mensajera, ¿verdad?

–Sí –contestó, con el corazón acelerándosele al caer en la cuenta de que aquél debía de ser Mitchell Grey en persona.

Volvieron a quedar en silencio, pero los ojos de él lo decían todo. Kay era consciente de que su delgada figura de un metro sesenta y cinco no era la típica de una mensajera pero, como su empresa sólo se dedicaba al envío de documentos, cartas y paquetes pequeños, no necesitaban a gente fuerte. Su vieja y querida moto de 125cc atravesaba todos los atascos, que era lo realmente importante.

–¿Cuánto tiempo lleva trabajando en Sherwood Delivery?

Las palabras eran inofensivas, el tono era lo que sugería que la empresa debía de estar loca por haberla contratado. Por eso Kay sintió una enorme satisfacción cuando le contestó:

–Trabajo en ella desde que la monté hace tres años.

Sabía que lo había sorprendido, pero tenía que

admitir que aquel hombre poseía un gran control de sí mismo, ya que ni siquiera parpadeó; la observó un momento y luego se encaminó hacia ella.

Kay se sintió muy pequeña, lo que no era agradable, así que levantó la barbilla instintivamente mientras esperaba a que él hablara.

–Tome asiento, señorita...

–Sherwood. Señora Sherwood.

Juego, set y partido para mí, pensó triunfante. Eso le enseñaría a aquel hombre a no sacar conclusiones precipitadas. Vio que observaba sus manos sin anillos mientras se sentaba frente a ella, pero no iba a darle ninguna explicación. No era asunto suyo.

–Tres años –dijo él, recostándose en el asiento de una manera muy masculina–. ¿Cómo es que no había oído hablar de su empresa antes de hoy?

Mantén la calma, se dijo Kay. Aquel hombre conocía perfectamente la atmósfera intimidatoria que creaba, pero no iba a asustarla, ¡ni por un minuto!

–Seguramente porque somos muy pequeños –respondió, tratando de no alterarse–. Trabajamos con documentos, cartas, fotografías... ese tipo de cosas.

–¿Su marido es socio de la empresa? –preguntó él cuidadosamente.

–No.

Ésa era toda la explicación que pensaba darle pero, como el silencio se alargaba, acabó por soltar más información.

–Estoy divorciada. Creé la empresa después de separarnos, él nunca participó en ella.

Y mirando el sobre que tenía él en las manos, añadió como sin importancia:

–Si el documento está listo, me lo llevaré ya, ¿le importa? Me han dicho que es urgente.

Él hizo caso omiso y preguntó con su aterciopelada voz:

–Me gustaría saber cómo empezó, señora Sherwood. Crear una empresa es fascinante, ¿no le parece? ¿Qué fue lo que la animó a dar un paso tan inusual?

Kay lo contempló con sus enormes ojos castaños, sin que desvelaran nada de la confusión que había en su mente. El paso inusual había venido por la necesidad de sobrevivir.

Por un segundo, estuvo tentada de levantarse, agarrar el sobre y salir corriendo, pero el sentido común prevaleció. No le gustaba cómo la miraba, y estar sentada en aquella lujosa oficina frente a un hombre que lo menos iba vestido de Armani, mientras ella llevaba sus gastados pantalones de cuero, no era su idea de diversión. Él la hacía sentirse insignificante, pero no iba a darle la satisfacción de demostrarle que la ponía nerviosa. Le contaría la historia en líneas generales, no necesitaba conocer nada personal.

Estaba a punto de comenzar a hablar cuando el hombre la sorprendió:

–¿Qué edad tiene usted, si no es indiscreción?

Era una indiscreción, y muy grande, pensó ella. La invadió el resentimiento, pero logró que su voz no la traicionara.

–Tengo veintiséis años –respondió resueltamente, callándose un «y eso a usted qué le importa».

–No parece mayor de dieciocho –apuntó él.

Le habían dicho lo mismo tantas veces, y ella lo odiaba tanto... Sus rasgos delicados y menudos, junto con las pecas sobre su nariz, le daban el aspecto de una adolescente, y cada vez que intentaba remediar la situación, acababa pareciendo una niña que juega a disfrazarse de mayor.

Se recordó a sí misma que el cliente siempre tenía la razón, aunque por experiencia sabía que habitualmente no era así, y respiró hondo.

–Me ha preguntado cómo empecé –recordó–. Fue casi por casualidad. Un día alguien me pidió que llevara una carta a otra persona que vivía en la misma calle que yo.

–¿Quién se lo pidió? –interrumpió él.

–Mi jefe –respondió ella cortante.

–Y usted trabajaba en... –continuó, ignorando el tono de ella.

–En una pequeña gestoría.

Había odiado cada segundo en esa empresa, pero necesitaba el trabajo desesperadamente. Cuando se licenció en Ciencias Económicas y Empresariales quiso sacar partido a sus conocimientos, pero desde el primer momento sintió que no encajaba en aquella empresa.

–El caso fue –continuó ella, tratando de ignorar aquella penetrante mirada– que empecé a pensar sobre ello. Pregunté por aquí y por allá y encontré que muchas empresas mandaban documentos urgentes por taxi o incluso por empresas de coches, a veces incluso con chófer. Yo soy más rápida y más barata.

–De eso estoy seguro, señora Sherwood –contestó él secamente.

Kay siguió con la narración:

–Redacté y diseñé un folleto promocional y una imprenta local me lo hizo.

–¿Qué ponía?

Se lo quedó mirando. Odiaba que la interrumpieran, y ya era la segunda vez en unos segundos. Él la observaba burlonamente, sentado cómodamente en el sofá, con los brazos cayendo a ambos lados. Iba a contestarle ásperamente, pero las palabras se le atragantaron al percibir, como un relámpago, el magnetismo sexual que destilaba aquel hombre.

Hubo un breve silencio, que para Kay fue tenso, hasta que logró recomponerse y responder.

–Ponía algo acerca de que ofrecíamos un servicio rápido, directo y puerta a puerta, de entrega de documentos, cartas y demás, en el área de Romford. Garantizábamos la entrega en el día y atención inmediata por teléfono.

–¿Cuántas personas eran?

–Por entonces, mi hermano estaba sin trabajo, así que podía atender el teléfono y así sabríamos si mi idea podía funcionar. Y funcionó: dos meses después dejé el otro empleo y me uní a él. Al principio sólo teníamos la moto –comentó, señalando sus pantalones–, pero ahora además tenemos dos furgonetas, y un amigo de mi hermano trabaja con nosotros. Desde el año pasado tenemos nuestro propio local y tanto trabajo que estamos pensando en emplear a alguien más.

Él se irguió en el asiento, causando en ella una respuesta corporal que no necesitaba en absoluto.

–Es impresionante –remarcó él lentamente–. ¿Tiene una tarjeta?

–Desde luego.

Kay no pudo evitar enrojecer. Rebuscó en sus pantalones y se la dio mientras ambos se ponían en pie.

–No debo entretenerla más tiempo –dijo él, entregándole el sobre.

Era tan alto, y su mano tan grande y cuidada, que Kay necesitó todo su autocontrol para no retirar la mano cuando sintió el contacto con su carne. Era algo ridículo, una locura, se dijo a sí misma, igual que la oleada de calor que sintió al percibir durante unos segundos el delicioso aroma de aquel hombre.

–Adiós, señora Sherwood.

Mitchell Grey era plenamente consciente de que la pequeña y delicada mujercita frente a él parecía haber dicho muchas cosas, pero en realidad no había contado nada sobre sí misma. Con aquellos rizos rebeldes y esas pecas de muñeca, no era su tipo. Definitivamente no lo era. Las mujeres con las que se relacionaba eran elegantes, cosmopolitas, iban exquisitamente vestidas y, más que nada, conocían sus intenciones: pasar un buen rato mientras durara. Y él siempre se aseguraba de que no durara demasiado, pensó, mientras veía a Kay desaparecer camino del ascensor.

¿Qué era lo que le impulsaba a querer saber más de aquella mujer?, se preguntó, algo irritado consigo mismo mientras miraba la tarjeta para conocer su nombre, Kay Sherwood. Parecía una quinceañera, aunque no lo era. Y había estado casada. Se había atrevido, sin tener ninguna experiencia previa, a montar un negocio en aquellos difíciles tiempos; y había tenido éxito.

Frunció el ceño. La mujer que acababa de abandonar su despacho, y prefería no pensar en aquel trasero enfundado en cuero moviéndose provocativo mientras se marchaba, se había lanzado a la aventura de los negocios con muchas agallas y determinación. ¿Cómo había llegado a eso?

Se encogió de hombros y se olvidó de todos los pensamientos acerca de Kay Sherwood. Llegaba tarde a una cita de trabajo en el corazón de Londres y su chófer lo esperaba desde hacía quince minutos. ¿Qué estaba haciendo ahí? El duro hombre de negocios volvió a tomar el control y se centró en la reunión, que iba a ser complicada. Cuando salió del ascensor, guardó la tarjeta en el bolsillo superior de su chaqueta, no sin antes haber archivado en su mente el nombre y el teléfono para una consulta futura.

–¿Y qué hay de malo en que te hiciera algunas preguntas sobre el negocio, Kay?

Su madre estaba desconcertada, y era algo comprensible, admitió Kay. Le había contado palabra por palabra la conversación con Mitchell

Grey y no había logrado recrear la arrogancia de aquel hombre ni la atmósfera que se había creado entre los dos.

–Bueno, ha sido... muy irritante en conjunto –contestó, poco convencida.

Leonora contempló a su hija y a continuación dijo diplomáticamente:

–Olvídate de él ahora, ¿de acuerdo? Es muy difícil que volváis a encontraros, y tú ya tienes suficientes cosas de las que preocuparte en tu vida actual. Recuerdas que esta noche es el festival de otoño del colegio, ¿verdad?

–Las gemelas no me perdonarían que lo olvidara –contestó Kay con una sonrisa.

–Son dos exploradoras inquietas –admitió Leonora–, pero tú eras igual a su edad, siempre investigando todo; el mundo era una enorme aventura para ti.

Kay asintió aún sonriendo, pero la asaltó un pensamiento: ella había sido así hasta que conoció a Perry, y entonces todo cambió por completo. ¿Cómo no se dio cuenta de lo que la estaba haciendo? Si dicen que el amor es ciego, en su caso había sido ciego, sordo y tonto.

Perry y ella llevaban saliendo un año cuando se casaron, al cumplir ella los veintiún años, el mismo mes que acabaron la universidad. Después de un par de meses de casados, ella tuvo que reconocer que había cometido un terrible error.

Perry era joven, guapo y con un gran carisma, atraía a las personas con su magnetismo, pero también era una persona calculadora y manipuladora, al menos con ella. Y ella estaba tan loca por él, y tan ocupada en su último año de estudios, que no se dio cuenta de que hacían todo como él quería. Pero al cabo de unas semanas casados, se encontró con un antiguo compañero de colegio que la sacó de la burbuja que Perry había construido a su alrededor: le dijo que tenía un aspecto terrible y le preguntó si estaba bien, si era que tenía demasiado trabajo.

La conversación no fue muy agradable, pero cuando Kay volvió a casa, se puso frente al espejo y contempló la imagen durante un largo rato. Llevaba el pelo recogido porque a él no le gustaba que lo llevara suelto, no usaba maquillaje porque él decía que era un artificio... pero lo que la conmocionó fue el gesto de su boca y la expresión que vio en sus ojos.

Tenía un aspecto apagado y gris, se dijo a sí misma mientras contemplaba el vestido que él había insistido en comprarle. Estaba acabando consigo misma por querer agradarle a él en cada detalle, y encima tenía que aguantar sus comentarios afilados y sus silencios gélidos cuando ella decía o hacía algo que él desaprobaba.

Kay estuvo clavada frente al espejo unos minutos, preguntándose cuánto tiempo llevaban así. Ellos eran felices, ¿no? Era una suerte tenerlo a él, ¿verdad? La trataba tan bien...

Pero la respuesta resonó en su cabeza: todo era maravilloso mientras hacía exactamente lo que él quería: le decía cómo debía vestir, peinarse; era él quien decidía cuándo entraban y salían, incluso qué programas de televisión veían. Los amigos con los que salían eran amigos de él, comían y bebían lo que le gustaba a él...

Se pasó una mano temblorosa por la cara; su cabeza estaba a punto de estallar. Cuando empezaron a salir no era así, ¿o sí? Durante los dos primeros meses todo fue bien, pero luego se produjo ese cambio que ella no había percibido hasta entonces. Él era tan divertido, tan irresistible, tan cautivador cuando estaba de buen humor, que ella ni se había dado cuenta de que la tenía sometida, hasta el punto de que se había convertido en otra persona. En ese momento, comprendió también por qué el había insistido en que no volviera a trabajar una vez casados:

–Quiero saber que estás en casa cuando yo estoy fuera –le había dicho seductoramente cuando ella quiso ponerse a trabajar–, quiero encontrarte aquí cuando yo vuelva del trabajo. No necesitamos tu sueldo, cariño, y como trabajo para mi padre, nunca nos va a faltar el dinero.

Kay había seguido frente al espejo un rato más, y había decidido darse un baño caliente y lavarse el pelo. Luego se vistió con unos pantalones vaqueros negros y un pequeño top que encontró al fondo de su armario, de su época antes de conocer a Perry; se maquilló cuidadosamente y se arregló el pelo, hasta que empezó a reconocer a la mujer que reflejaba el espejo.

Después salió a por la cena: compró un par de filetes en vez de preparar el pollo dhansak que él había ordenado, y por el camino compró también periódicos de ofertas de trabajo.

Cuando Perry llegó a casa aquella noche, se encontró con una mesa dispuesta de forma romántica, con velas y vino, una esposa sonriente, perfumada y arreglada, y seis sobres que contenían respuestas a ofertas de trabajo, listos para ser enviados. Él le dijo cosas terribles, fue muy cruel, pero aquello fue el principio del fin.

Poco después, se dio cuenta de que estaba embarazada. Tomaba la píldora, pero durante unos días había tenido un virus gastrointestinal que le había hecho vomitar con frecuencia, aunque eso no le importó a él y siguió buscándola por las noches. Justo cuando iba a decírselo, descubrió que Perry tenía una aventura con una secretaria de la empresa de su padre, y aquello definitivamente puso fin al matrimonio. Fue una época de mucho dolor y desesperación, pero la ayudó a ver que era mucho más fuerte de lo que ella se creía.

Ella se quedó con el piso después de echar a Perry y estuvo trabajando hasta tres semanas antes de dar a luz a las gemelas; y volvió cnseguida al trabajo, en cuanto encontró una buena guardería. No le gustaba tener que dejarlas, pero él no le pasaba pensión de mantenimiento y desapareció de su vida, así que tuvo que volver a casa de sus padres. Y de alguna forma, a pesar de que los quería mucho, aquello le pareció la mayor derrota.

Luego su padre murió de un infarto y al poco se enteraron de que sus acciones en Bolsa habían caído en picado y le habían dejado a su viuda casi sin un céntimo. Para rematar las cosas, en aquella época su hermano perdió el trabajo justo antes de que su esposa diera a luz a su segundo hijo.

Kay volvió al presente al oír cerrarse la puerta de la calle. Eso significaba que la vecina acababa de traer a las gemelas del colegio: entre varias vecinas habían establecido turnos para llevar y traer a sus hijos del colegio.

–¡Mamá!

La gemelas irrumpieron en la cocina gritando y riendo, y Kay acogió encantada sus abrazos y besos. Sus hijas eran su razón de vivir. Gracias a ellas había superado la peor época de su vida, gracias a ellas no se abandonó a la desesperación, y cuando nacieron se sintió llena de gozo y agradecimiento por aquellas dos criaturitas perfectas que eran sus hijas.

–Mami, hoy he sacado una estrella dorada por aguantar toda la clase sin moverme.

–Pues la señorita Henson ha colgado mi dibujo en la pared, erais la abuela y tú.

–Una estrella dorada es mejor que un dibujo, ¿a que sí, mami?

–¡Es mejor el dibujo! ¿verdad, mami?

Georgia y Emily se habían encaramado a su regazo, y peleaban por ser la más importante para ella. El sonido del teléfono interrumpió la lucha.

–Es para ti –le indicó Leonora.

Kay besó a las gemelas, les dijo que las dos eran muy listas, y se acercó al teléfono.

–Es él, Kay –susurró su madre–, ese señor Grey del que me has hablado.

–¿Qué? –gritó Kay.

Afortunadamente, Leonora tapaba el micrófono con la mano.

–No grites, te va a oír –le dijo, acercándole el auricular.

Kay lo miró como si quemara, sin hacer ademán de agarrarlo. ¿Cómo diablos había conseguido su número privado? En la tarjeta sólo aparecía el de la oficina. Tomó el auricular con cautela.

–¿Diga? Soy Kay Sherwood.

–Buenas tardes, señora Sherwood –su voz era grave y seductora–. Espero que no le importe que la llame a casa. Intenté encontrarla en el número que me dio usted, pero un tal señor Brown, su hermano supongo, me dijo que a estas horas la encontraría más fácilmente aquí.

«Oh, gracias, Peter», pensó Kay, e intentó que su voz sonara con algo de entusiasmo.

–No se preocupe, no hay problema, señor Grey. ¿En qué puedo ayudarlo?

La persuasiva voz apenas esperó para responder.

–Me preguntaba si estaría libre mañana por la noche.

Kay se quedó atónita. Su cara de sorpresa debía de ser tremenda, porque las gemelas pararon de pelearse y se la quedaron mirando, y su madre también la observaba con curiosidad.

Su cerebro echaba humo. ¿Estaba proponiéndole una cita? No, debía de tratarse de algún tipo de trabajo, ¿tal vez un envío nocturno?

Todas sus dudas se disiparon al escucharle decir:

–Tengo entradas para el teatro y he pensado que a lo mejor le apetecía cenar antes.

«Di algo», se ordenó a sí misma. Lo que fuera, menos aceptar.

–Lo siento, señor Grey, pero mañana estoy ocupada –mintió.

–¿Y la semana que viene en algún momento?

Kay buscó apoyo en los tres rostros que la miraban desde la cocina.

–Lo siento, pero ésta es una época de mucho trabajo para nosotros, nos volcamos en el negocio.

–¿Y no se detiene ni para comer? –preguntó él suavemente– ¿Qué tal si quedamos para comer? Y antes de que me diga que está muy ocupada, permítame que le comente que tengo una propuesta de trabajo para usted.

¡Así que no era una cita! Kay se sintió tan aliviada, que habló sin pensar, sin darse cuenta de que hasta su voz había cambiado.

–¿Una propuesta de trabajo? Por supuesto, señor Grey –contestó animadamente–. ¿Qué le parece el lunes?

–Perfecto –respondió él, secamente–. Telefonearé a su oficina a la una en punto. Adiós, señora Sherwood.

Y colgó, antes de que ella se diera cuenta de que uno no proponía cenar e ir al teatro para comentar una propuesta de trabajo.

Capítulo 2

EL lunes por la mañana, Kay esperaba ansiosa que sonara el teléfono para cancelar la comida con Mitchell Grey. No había pensado en nada más durante todo el fin de semana, repasando la conversación en su mente hasta que estuvo a punto de explotar.

Se decía a sí misma que había sido una arrogante por pensar que un hombre como él, tan guapo, con tanto dinero y éxito, pudiera querer citarse con ella, y se repetía que el encuentro era, que debía ser, de negocios. Pero entonces el recuerdo de su voz, cuando había sugerido ir al teatro y a cenar, resonaba en su cabeza y encendía el botón del pánico.

Nada más terminar de hablar con Mitchell Grey el viernes por la tarde, Kay había telefoneado a Peter. Su hermano no había sido de gran ayuda.

–¿Que por qué le he dado el número de tu casa? –respondió tranquilamente– ¿Y por qué no iba a hacerlo? No es un secreto, ¿no?

Kay hizo un esfuerzo por mantener la calma. Quería mucho a Peter, pero en aquel momento lo odiaba. Después de algunas preguntas, él se impacientó.

–¿Qué quieres decir con eso de cómo sonaba? –le preguntó irritado–. Ya te lo he dicho: llamó aquí y preguntó por ti, dijo que había hablado contigo por la mañana y que quería discutir algo más. Cuando le comenté que no estabas en la oficina, me preguntó si había algún otro número donde encontrarte y le di el de tu casa. Ésa fue toda nuestra conversación.

–Pero yo no quiero verlo –dijo ella, muy tensa.

–Pues no lo hagas.

–No es tan sencillo. ¿Y si quiere proponerme algo que beneficie a la empresa?

–Kay, corrígeme si me equivoco, pero habéis quedado a comer, ¿no? No te ha pedido que paséis juntos el fin de semana, ni que examines su cama, así que, ¿dónde está el problema?

Ella le había colgado el teléfono, pensando que su hermano era el ser más irritante de la tierra.

Y ahora, mientras comprobaba nerviosa la hora en el reloj, las palabras de Peter le venían una y otra vez a la cabeza: «¿Dónde está el problema?» La verdad era que no lo sabía, y eso no era propio de ella. Ella era una persona práctica, poco dada a fantasías ni a cursilerías, pero había algo en Mitchell Grey...

Era una pena que Peter y Tom hubieran salido a repartir envíos; aunque a veces la sacaran de quicio, por lo menos en aquel momento le habrían dado conversación y podría dejar de pensar por un rato. Y no quería marcharse de la oficina y dejar el teléfono desatendido.

Observó su chaqueta y su faldita corta de seda azul que le habían costado un ojo de la cara y que había comprado para la boda de su prima, y agradeció mentalmente que hiciera buen día. Con el gasto que suponían las gemelas, que parecían crecer a cada segundo, hacía mucho que no se compraba ropa para sí misma, y mucho menos ropa elegante. En realidad, no la necesitaba: los pantalones de cuero eran su uniforme de trabajo, y lo más lejos que salía era con las gemelas al parque o a la piscina cubierta.

¿Se habría arreglado lo suficientemente bien para la reunión con Mitchell Grey? Por enésima vez desde que había llegado a la oficina, abrió un cajón y sacó un espejito, que le devolvió la mirada de unos grandes ojos castaños maquillados simplemente con un poco de rímel. Llevaba el pelo recogido en una cola de caballo alta, y algunos rizos sueltos le rodeaban la cara. Parecía muy natural, pero le había llevado más de una hora conseguir ese efecto.

–Tiene usted un pelo precioso.

Ella giró la cabeza sobresaltada, al tiempo que devolvía el espejito al cajón.

Mitchell Grey la observaba desde la puerta, con su hermoso rostro de rasgos marcados y su pelo negro resaltando sus facciones. Kay maldijo el hecho de que, después de estar toda la mañana pendiente de su llegada, apareciera justo cuando había bajado la guardia.

–No le he oído llegar, señor Grey –dijo, sin lograr ocultar su confusión.

Él enarcó las cejas y respondió ligeramente divertido:

–Le pido disculpas.

–No quise decir eso...

Se paró en seco. Sí que había querido decir eso, y no iba a negarlo, ya fueran a hablar o no de trabajo. Apretó los labios y, al ver que él sonreía, se sintió invadida por la ira. Él se estaba riendo, ¿acaso de ella?

Se puso en pie tan graciosamente como pudo, arreglándose la falda al percibir la mirada de aquellos ojos azul metálico sobre sus piernas.

–Veo que no ha tenido problemas para encontrarnos –dijo mientras se acercaba a él con la mano tendida, decidida a no perder el control de la situación.

Él asintió y respondió con un tono sutilmente divertido:

–Mi chófer creció en este barrio, conoce cada rincón de la zona.

Oh, vaya: su chófer. Por supuesto, un hombre como Mitchell Grey tenía que tener chófer, pensó Kay. Seguro que no lo había dicho con intención de hacerla sentir mal, pero para ella fue un recordatorio de que era él quien llevaba las riendas, y que más le valía no irritarse por ello, al menos mientras hubiera dinero de por medio.

–¿Qué negocio quería proponerme? –preguntó mientras le estrechaba la mano.

–Primero salgamos de aquí.

No tenía que decirlo dos veces. El tacto de su cálida piel la excitó tanto como la otra vez, más incluso al estar solos. Aquel hombre era tan masculino que impresionaba.

Se puso nerviosa cerrando la puerta de la oficina con él mirándola, y una vez en la calle, él la agarró del codo y la guió hacia un Bentley aparcado en sitio prohibido, con el chófer sentado impasible en el interior.

Una vez dentro, y después de pelearse con la falda, Kay se sentó lo más recatadamente que pudo. ¿Era tan corta cuando la llevó a la boda?, se preguntó, mientras contemplaba cómo dejaba ver una porción importante de sus piernas.

–Relájate, Kay.

La sorpresa de oír su nombre pronunciado por aquella voz aterciopelada la hizo girarse hasta encontrarse con los ojos azules mirándola atentamente.

–¿Cómo ha dicho?

Intentó parecer altiva, pero no lo logró, le costaba respirar. Él estaba cerca, demasiado cerca y, una vez más, la sutil fragancia de su aftershave hizo que su pulso se acelerara.

–Estás tensa –contestó él, tranquilizándola–, y no tienes por qué, de verdad. Escucha, ¿te ayudaría algo si juego limpio y admito que no hay ninguna propuesta de trabajo? ¿Que esto sólo pretende ser una comida en un lugar agradable donde podamos charlar y conocernos un poco más el uno al otro?

–¿Que si me ayudaría?... ¡Pare el coche!

–Perdona, ¿cómo dices?

Aunque hubiera sido posible que un hombre

tan implacable y atractivo pareciera ingenuo, esa respuesta no engañó a Kay. Se lo quedó mirando con las mejillas encendidas y la boca apretada, atónita al comprobar que él no mostraba signos de avergonzarse de sí mismo.

–He dicho que pare el coche –farfulló, apretando los dientes.

–Todo a su tiempo.

Al decir esto tuvo la desfachatez de sonreírle como si él fuera irresistible, pensó Kay.

–Déjame que te explique antes: Tú tenías muy claro que no querías volver a verme...

–Se dio cuenta... –gruñó Kay por lo bajo.

–Así que, si te has llevado una decepción, es culpa tuya –continuó él suavemente.

–¿Culpa mía?

–Desde luego.

Mientras decía esto, se recostó en el asiento. Parecía estar disfrutando tanto con su turbación, que Kay lo habría abofeteado, de haberse atrevido.

–Escúcheme, señor Grey, no sé a qué juego cree que está jugando, pero ha escogido a la chica equivocada –le espetó–. No me gusta que intenten seducirme a la fuerza, si eso es lo que usted piensa, y encuentro su actitud francamente ofensiva. Quiero bajarme de este coche ahora mismo.

Diciendo esto, accionó el tirador de la puerta, pero no le sorprendió que ésta no se abriera.

–¿No crees que estás sobreactuando un poco? –preguntó él algo irónico–. Todo lo que quiero es invitarte a comer.

Aquello no podía estarle sucediendo. No podía

ser que estuviera encerrada en un coche, con un extraño, camino de quién sabía dónde. Se le ocurrió advertirle:

–Mi madre sabe que tengo una cita para comer con usted hoy, señor Grey, y también lo sabe mi hermano.

–No esperaba menos. En estos tiempos, sería muy temerario no informar por lo menos a una persona de por dónde anda uno –contestó él calmadamente.

Giró la cabeza para mirar por la ventanilla y se volvió de nuevo hacia Kay, con una ceja levantada y diciendo con cierta sorna:

–Hemos llegado. Ahora intenta comportarte como una adulta y finge que eres una fría mujer de negocios comiendo con un colega, ¿de acuerdo? Eso nos evitará a todos el bochorno.

¿Bochorno? Seguro que Mitchell Grey no era capaz de experimentar esa emoción en toda su vida. No había palabras para describir a ese hombre, que era más que arrogante; necesitaba urgentemente que le bajaran los humos.

Kay vio por la ventanilla que se acercaban a un restaurante del que había oído hablar, pero en el que nunca había estado, principalmente porque para comer ahí hubiera necesitado una segunda hipoteca. Fue en aquel momento cuando tuvo la idea. Se volvió hacia él y se encontró con que la miraba fijamente, con un destello perturbador en los ojos. ¿En qué estaría pensando? ¿Qué esperaba que hiciera ella? Kay sospechaba que estaba preparado por si se daba media vuelta y salía corriendo, y ciertamente no iba a permitir que la forzara a entrar en el edificio, por muy vergonzoso que fuera para ambos.

Ese hombre era un total controlador, y ella ya había conocido a uno, pensó mientras la imagen de Perry acudía a su cabeza. Pero esta vez no iba a permitirlo, ni por un segundo. Su ciega devoción por su ex marido había estado a punto de arruinarle la vida, y desde entonces no había vuelto a permitir que ningún hombre le diera órdenes.

Después de que su padre muriera, los tiempos fueron duros para Kay: como vio que su madre la necesitaba, dejó su piso de Londres y volvió a Romford. Su sueldo sólo les permitió comprar, por medio de una hipoteca, una casita de dos habitaciones en un estado bastante ruinoso, llamada Ivy Cottage. Pero les gustó su aire atractivo de taberna antigua, y sus dos habitaciones con vistas a un precioso jardín. Poco a poco, y con la ayuda de Peter y sus amigos, lograron transformar la desvencijada casa en un lugar agradable para vivir y acorde con sus necesidades. Su madre y ella dormían en una habitación y las gemelas compartían la otra, eran felices y el jardín era su pequeño oasis particular.

Lo bueno de estar juntas era que eso había hecho que su madre saliera de la depresión que le había diagnosticado el médico. Como no tenían dinero para pagar a una niñera, Leonora se hizo cargo de las gemelas y volvió a sentirse útil y querida.

Después de que Perry se marchara, ella no sólo había logrado sobrevivir, sino que además había creado un hogar seguro para sus hijas y su madre, y montado un pequeño pero floreciente negocio, pensó Kay mientras salía del coche por sí misma, ignorando la mano que le tendía Mitchell Grey. Ese bruto arrogante no pasaría por encima de ella, se lo iba a demostrar.

Entró al restaurante caminando delante de él y una extraña sensación le recorrió la espalda cuando se pararon en la entrada, él la tomó por el codo y le preguntó al maître:

–Hola, Ángelo. ¿Está preparada mi mesa?

–Por supuesto, señor Grey.

Sólo le faltaba hacerle una reverencia, pensó Kay apretando los dientes mientras los conducía a una discreta mesa en una esquina. ¡Si todo el mundo trataba así a Mitchell Grey, no le extrañaba que tuviera un ego del tamaño de un elefante!

–¿Te apetece un cóctel mientras miras el menú? –preguntó él, con una medio sonrisa–. Te recomiendo «Relación ardiente».

–¿Cócteles a la hora de comer? –preguntó, arqueando las cejas en un intento de reforzar su desaprobación.

–Yo no voy a conducir, ¿y tú? –respondió él mientras se recostaba en la silla, se aflojaba el nudo de la corbata y se soltaba los botones del cuello de la camisa.

Kay tragó saliva. La masculinidad de aquel hombre era más potente por su inconsciencia de la misma, y no le gustaba la forma en que su cuerpo había reaccionado a una acción completamente normal como aflojarse la corbata.

–No –contestó ella fríamente, ya que Peter y Tom se encargaban de repartir los envíos ese día–. Pero me gusta estar alerta por la tarde.

–Estoy seguro.

Eran dos simples palabras, pero había logrado que sonaran como insultos, pensó ella molesta. Se calló lo que le apetecía contestarle y volvió a mirar el menú de los cócteles. Tomaría uno y luego pondría a Mitchell Grey en su sitio.

–Tomaré un «Dulce venganza», por favor –dijo alegremente.

Había escogido el cóctel por su nombre, más que por la mezcla de ron de coco, ginebra, tequila y plátano que lo formaba.

Él emitió un silbido prolongado:

–¿Estás segura? Es un cóctel explosivo.

–La venganza siempre es así –contestó ella, sonriendo dulcemente.

Quería que él recordara aquello durante mucho, mucho tiempo.

Él se encogió de hombros:

–Un «Dulce venganza» para ella –pidió al camarero– y un «Lobo con piel de cordero» para mí.

Sólo que esa vez al lobo se le veía perfectamente, y desde luego ella no era Caperucita Roja, pensó Kay mientras contemplaba el perfil de rasgos marcados justo antes de que se volviera y la mirara. Pasaron unos segundos antes de que le preguntara:

–¿Cuánto tiempo más vas a estar enfadada conmigo?

Kay se obligó a mantener la mirada de aquellos penetrantes ojos azules.

–¿Acaso debería estar agradecida por haberme engañado para comer con usted?

–No exactamente –respondió él–, pero seguro que hay cosas peores que invitar a comer a una mujer hermosa.

Los ojos le brillaron al contestar, y Kay supo que no bromeaba. Era realmente mortificante. Si creía que podía engatusarla, se había vuelto a equivocar. ¡La había llamado mujer hermosa! Kay decidió ignorar que el pulso se le estaba acelerando.

–Había comentado usted que tenía trabajo para mi empresa.

–Pero tú ya me habías avisado de que estáis saturados –dijo él sonriendo–. Además, cuando te pedí una cita en condiciones, me rechazaste claramente. No me quedaba otra opción –terminó suavemente.

Aquella conversación era ridícula. Kay se lo quedó mirando fríamente, intentando calmar la agitación que la invadía. Esa voz aterciopelada y la curva tan sexy de su boca eran parte de un descarado plan de seducción. Seguramente, le había funcionado otras veces, no era un hombre al que las mujeres rechazaran a menudo; incluso puede que nunca lo hubieran rechazado, pensó ella. Bueno, nunca era tarde para una primera vez, se dijo, regodeándose en la idea.

Les llevaron los cócteles antes de que pudiera añadir nada. Al poco, apareció el maître con dos menúes.

–Le recomiendo la langosta y las vieiras con

guarnición de caviar, señor Grey –ofreció suavemente–. Pero les dejaré unos instantes para que estudien el menú.

–Gracias, Ángelo. ¿Puede traernos una botella de aquel Moët et Chandon que tomé la última vez, el rosé? ¿Te gusta el champán rosé? –le preguntó a Kay.

–Bebo muy poco –respondió ella con una sonrisa crispada.

Si creía que podía comprarla con una botella de buen champán, era aún más arrogante de lo que ella se pensaba.

El maître se retiró silenciosamente después de lanzar una mirada nerviosa a Kay, y ella bebió apresuradamente un sorbo de su cóctel. Todo estaba bien hasta que le llegó a la garganta, entonces el delicioso sabor se vio superado por un calor que casi la hizo llorar. Lo de que era un cóctel explosivo no era ninguna exageración. Pero al observar que él la contemplaba divertido, se obligó a beber otro sorbo. Como estaba preparada, la segunda vez no fue tan mala; tan sólo esperó a que se le pasara la quemazón antes de levantar la vista de la mesa.

–Está delicioso –dijo calmadamente.

–Me alegro de que te guste –respondió él con gravedad.

Qué canalla sarcástico. Kay se concentró en el menú. El calor la invadía y estaba nerviosa, pero no permitiría que él lo notara. Se comportaría como una mujer digna y fría hasta el final.

El maître apareció de la nada y les tomó nota.

Cuando se marchó, Kay lo siguió con la vista y contempló el resto de la sala, suavemente iluminada, ocupada por gente elegante y acostumbrada a la buena vida.

Su plan funcionaría mejor después de comer el primer plato, reflexionó Kay. Así, él se habría confiado en una falsa sensación de seguridad y el efecto sería mayor. Así que, de momento, le daría conversación. Tenía que parecer que había aceptado la situación.

–Señor Grey...

–Por favor, llámame Mitchell –le rogó.

Ella asintió sin mucho entusiasmo.

–Muy bien. Mitchell, no acabo de entender por qué era tan importante para ti que aceptara cenar contigo. Estoy segura de que hay un buen número de mujeres que estarían encantadas de acompañarte.

Él se arrellanó en el asiento, terminó su cóctel y dejó el vaso sobre la mesa, antes de contestar:

–Puede.

Si hubiera sido completamente franco, hubiera añadido que él tampoco comprendía por qué perseguía algo en lo que no tenía la más mínima posibilidad. Se enorgullecía de ser un hombre juicioso y racional, pero ¿qué tenía esa mujer con sus rizos y sus pecas, que no había dejado de pensar en ella desde la primera vez que la había visto?

Kay se lo quedó mirando. ¿«Puede» era todo lo que iba a contestar?

–Yo ya te he contado cosas de mí, ahora te toca hablar de ti, ¿cómo sería tu currículum? –le preguntó.

Llevaron el champán y Mitchell esperó hasta que estuvieron solos para responder.

–Veamos... Nombre: Mitchell Charles Grey. Edad: treinta y cinco años. Estado civil: soltero. Madre irlandesa, padre inglés, ambos murieron en un accidente de coche cuando yo tenía quince años. Creé mi propia empresa a los veinte, invirtiendo en ella mi herencia junto con un sustancioso préstamo bancario, y diez años después creció hasta tener sucursales en Southampton, Portsmouth y Plymouth. ¿Deseas saber algo más?

Millones de cosas, y no le gustaba la sensación, pensó Kay. No quería interesarse por aquel hombre, debía evitarlo a toda costa.

–Has tenido mucho éxito –contestó ella–. ¿Eres feliz?

–¿Feliz? –repitió, y esperó un poco antes de responder–. La felicidad es una emoción muy frágil, ¿no crees? Sinceramente, no creo en ella.

Kay no pudo contenerse, necesitaba saber más:

–¿Y en qué crees?

–En el trabajo duro, en la determinación, la riqueza, el éxito. Los dos primeros dan lugar a los dos segundos cuando se juntan con el elemento mágico que es la suerte.

Kay terminó su cóctel y deseó que les llevaran pronto la comida. Empezaba a sentir que se le iba la cabeza.

–Así que eres un hombre que se ha hecho a sí mismo y que disfruta de su autonomía, ¿te parece bien mi resumen? –le preguntó suavemente.

–Puedes decirlo así. ¿Y qué me dices de ti?

–preguntó burlonamente–. ¿Eres una mujer que se ha hecho a sí misma y que disfruta de su autonomía?

Su pequeña empresa comparada con Grey Cargo Internacional no era nada, pero Kay asintió.

–¿Y hay algún novio por ahí escondido? –siguió preguntando él, sin darle importancia.

Ni en pintura. Había tenido alguna cita en los últimos tres años, pero sólo después de dejar claro que no quería más que amistad. Por un lado, no tenía ganas de que las gemelas tuvieran «tíos», y por otro, no deseaba volver a tener una relación seria con un hombre nunca más, o al menos no en mucho tiempo. Tal vez, cuando las gemelas fueran mayores e independientes, se plantearía una relación con un hombre que lo mereciera, pero incluso entonces, aunque fuera una relación seria y estable, no se casarían. Ella ya había estado casada, sus cicatrices mentales y emocionales podían probarlo. Y nunca volvería a darle a nadie el poder sobre sí misma.

Kay respiró hondo.

–¿Un novio? –dijo sin alterarse–. No. No tengo ni el tiempo ni las ganas para compromisos de ningún tipo.

Él se incorporó en el asiento.

–Eso es un poco duro, ¿no crees? ¿Tan malo fue tu matrimonio?

Ella no quería hablar de su matrimonio ni de nada personal con aquel hombre. Lo miró a los ojos y cruzó las manos sobre su regazo para resaltar que estaba relajada y que mantenía el control.

–Eso pertenece al pasado –respondió fríamente–, y nunca vuelvo ni me planteo el pasado.

–En otras palabras, que no es asunto mío.

Cruzó los brazos por delante de su pecho y la contempló con una mirada penetrante, llena de astucia, que la confundía.

–¿Y qué me dices de tener una familia en el futuro, unos hijos? Eres joven para cerrarte a eso.

–¿Y tú? ¿Es eso lo que quieres, un hogar y una familia? –le preguntó ella, incrédula.

Él le dirigió una mirada cortante y sonrió ligeramente.

–*Touché* –murmuró–. No, como ya has imaginado, no es lo que quiero. No me veo como un hombre de familia. Los hijos requieren un compromiso absoluto, de los padres hacia los hijos y entre los propios padre y madre, y la idea de mantenerme fiel a una sola mujer durante el resto de mi vida me resulta ridícula. Y si una parte no cumple lo acordado, la vida en familia se convierte en un infierno.

Su rostro no se alteró mientras decía eso, pero hubo algo, tal vez el tono de su voz, que le hizo preguntar a Kay antes de darse cuenta de lo que decía:

–¿Es eso lo que te pasó cuando eras pequeño?

Por un momento, creyó que no iba a contestarle, y entonces él dijo, apenas con un hilo de voz:

–Esto se está poniendo un poco profundo para ser una charla de mediodía, ¿no te parece?

Tras una breve pausa, añadió:

–Sí, eso es lo que me sucedió. ¡Ah, ya viene la

comida! –dijo, cambiando el tono–. Espero que te guste. Este chef es uno de los mejores que conozco.

Kay sintió que la había puesto en su sitio. ¿Por qué le había preguntado eso? No había tenido la intención. Ahí estaba ella, determinada a no revelar nada de sí misma, y había ido a preguntarle un tema tan personal, que incluso un amigo íntimo hubiera dudado en nombrar. Empezó a comer el *soufflé* sin saborearlo, le ardían las mejillas.

–No te preocupes, Kay.

La tranquilidad de su voz le hizo levantar la vista del *soufflé* y se encontró con que él la estaba mirando, sin sonreír pero con una curiosa expresión en su rostro. En cualquier otra persona que no fuera él, hubiera pensado que era ternura.

–Si no hubiera querido responder, no lo habría hecho, ¿de acuerdo?

Él sabía que ella se sentía fatal. Kay sintió que las mejillas le quemaban aún más cuando respondió:

–No tengo derecho a preguntarte algo tan personal. Al fin y al cabo, somos extraños.

–Me gustaría pensar que eso no es del todo cierto.

Ella bajó la mirada y siguió comiendo, con su mente reconociendo que aquel *soufflé* era una delicia, y a la vez urgiéndola a que saliera de allí.

Algo había cambiado en los últimos minutos, algo intangible, pero real e infinitamente peligroso. Y ella no sabía qué hacer con ello, o tal vez era que no sabía qué hacer con Mitchell Grey. Fuera lo que fuera, ya era hora de poner su plan en acción.

–Perdóname un momento, voy a empolvarme la nariz –se disculpó, agarrando su bolso.

Se levantó y él se levantó también, lo que sorprendió y agradó a Kay, aunque sabía que era una muestra de educación algo anticuada.

–Los aseos están al otro lado de la sala –le indicó él delicadamente.

Kay le dirigió una breve sonrisa y tuvo que esforzarse por no atravesar corriendo la sala. Justo antes de entrar en el aseo, se volvió a mirar la mesa. Él había vuelto a sentarse y mantenía los ojos clavados en ella mientras bebía champán. Su actitud la turbó tanto, que se quedó atrapada por su mirada unos instantes. Cuando se recuperó, abrió la puerta y entró al aseo.

Una vez que la puerta se cerró tras ella, se quedó un momento quieta, con el corazón golpeándola en el pecho. Luego se aseguró de que no había nadie más en la estancia y se encaminó hacia una ventana.

Afortunadamente los aseos eran exteriores pero, ¿adónde daban las ventanas? ¿Y cómo se abrían? Se acercó a una ventana pequeña con el corazón en vilo, y sintió un gran alivio al accionar el tirador y comprobar que se abría. Daba a un callejón con un montón de cubos de basura en una esquina y otros cuantos repartidos desordenadamente.

Justo debajo de la ventana había un espacio libre y el salto era de algo menos de dos metros.

Eso no habría importado si hubiera ido con pantalones, pero la faldita ajustada le iba a dificultar la escapada.

Se apartó de la ventana y consideró las opciones. ¿Iba a permitir que Mitchell Grey se saliera con la suya después de haberla llevado allí engañada? Había decidido en el coche que le daría una lección, y aún pensaba hacerlo... ¿o no? El momento de duda pasó rápidamente. Él había tratado de engatusarla, pero ella no iba a ser tan tonta como para creerle. Nunca volvería a ser tan tonta como con Perry.

Se agachó y se quitó los zapatos de tacón, mientras se preparaba para saltar. Iba a parecer una perfecta estúpida si alguien entraba en los aseos en los próximos momentos, pero era algo a lo que tenía que arriesgarse. ¡Eso sería mejor que dejar que Mitchell Grey creyera que podía someterla!

Colocó una silla que había junto a los lavabos debajo de la ventana, tomó aire y se subió encima. Lanzó los zapatos por el hueco y los oyó caer al otro lado. Ya no había vuelta atrás, no podía volver al restaurante descalza.

Se aseguró el bolso a la espalda y se encaramó a la ventana, con la falda casi por la cintura. Nunca se había sentido tan estúpida en toda su vida, ¿qué pensaría cualquiera que la viera?

El hueco era lo suficientemente grande para permitirle pasar, aunque un par de veces creyó que se iba a quedar atorada. Pero al pensar en el apuro que pasaría Mitchell Grey, recuperaba las fuerzas para no darse por vencida.

Cuando por fin estuvo al otro lado de la ventana, se dejó caer al suelo, rozándose las rodillas con la pared en el camino. Cuando se puso en pie, estaba algo mareada y tenía rozaduras en los muslos y sangre en las rodillas. Genial; simplemente genial.

Encontró el bolso, que había perdido en la caída, sacó un pañuelo de papel y se limpió las rodillas. Luego intentó recomponer su imagen, se calzó los zapatos y salió del callejón a una calle desierta, mirando a ambos lados como si fuera una fugitiva.

Caminó un poco y, al llegar a la calle principal, paró un taxi. Sólo después de estar en su interior camino de su casa, se dio cuenta de que lo había hecho. Había dejado a Mitchell Grey sentado a la mesa, esperándola en aquel restaurante tan elegante, con su enorme botella de champán perdiendo burbujas. Dentro de poco llevarían el segundo plato; ¿cuánto tiempo la esperaría hasta pedirle a alguien que fuera a buscarla? Iba a parecer tan estúpido...

Miró por la ventanilla y vio las tiendas y personas pasar rápidamente, y se preguntó por qué no experimentaba ese placer de la victoria que tanto había anticipado sino que, en lugar de eso, se sentía terriblemente abatida.

Capítulo 3

JESÚS, hija! ¿Qué va a ser lo próximo?

Su madre le estaba hablando como cuando era pequeña, y en el fondo así era como se sentía Kay, de pie en medio de la cocina, apretando sus muslos heridos y con las rodillas sangrantes a plena vista. Le explicó a Leonora por encima lo que había sucedido.

–Se lo merecía –añadió Kay, a la defensiva.

–Yo no digo que no, aunque hay crímenes peores que llevar a alguien a un restaurante de la categoría del que te llevó –respondió Leonora, llena de asombro.

–Es lo mismo que dijo él –continuó Kay, estudiando a su madre con cautela–, pero no me gusta que me engañen o me fuercen a ir con nadie cuando he dejado claro que quiero marcharme.

–Eso es totalmente comprensible –dijo Leonora, poniéndose en pie–. Prepararé café mientras te das una ducha y te cambias de ropa, ¿te parece? ¿Vas a volver a la oficina hoy?

–No. Peter y Tom están repartiendo y el contestador automático se hará cargo del teléfono. La gente tendrá que buscarse a otros si tienen prisa.

He pensado en ir a buscar a las niñas a la salida del colegio. Seguro que les hace ilusión.

–Les encantará –afirmó Leonora.

Sabía perfectamente la auténtica razón por la que su hija se estaba tomando la tarde libre, pero no creyó conveniente sacar el tema. Si Mitchell Grey aparecía por la oficina, no le haría gracia que Kay estuviera allí sola con él, y seguramente él estaría furioso... Pero no, un hombre como aquél, orgulloso e implacable, simplemente no volvería a llamarla nunca más, pensó, mientras veía a su hija salir de la habitación.

Una vez en el diminuto pero agradable baño, Kay se desvistió rápidamente. Se sentía débil, pero era por la emoción de su hazaña y por haberse bebido el cóctel sin comer apenas. No era porque le preocupara la reacción de Mitchell Grey ante su poco diplomática salida del restaurante y de su vida, eso no le preocupaba nada.

En caso de que intentara intimidarla de cualquier manera, ella... bueno, no sabía qué haría, se confesó, mientras se metía en la ducha y dejaba que el agua caliente la relajara. Pero no se iba a dejar pisotear ni intimidar, eso lo tenía muy claro.

Después de secarse y curarse las heridas, se puso unos vaqueros y una sudadera y se arregló el pelo, pero como no tenía ganas de peinarse, dejó que cayera suelto, no le importaba parecer una quinceañera. Su mata de rizos era el menor de sus problemas ahora.

Su madre la avisó de que el café estaba listo y, cuando iba hacia las escaleras para bajar a la cocina, empezó a ser consciente de lo mal que se había comportado.

Se paró en el rellano y cerró los ojos unos instantes. Él tampoco se había comportado muy bien, mintiéndole para llevarla a comer, pero no era propio de ella tratar mal a la gente. «Oh, Dios...» se lamentó en voz baja, mientras se sentaba en la escalera y se masajeaba el cuello. El daño ya estaba hecho. Y ese cóctel, «Dulce venganza», seguro que era el causante de su tremendo dolor de cabeza.

Kay fue dando un paseo hasta el colegio de las gemelas. Era una preciosa tarde de octubre, de las que normalmente la hacían sentirse afortunada. Tenía a sus dos preciosas hijas, un hogar muy agradable y un trabajo que le gustaba.

Pero esa tarde no se sentía así. Estaba alterada, irritada. Y todo por culpa de Mitchell Grey. Debía de estar loca. No pensaba prestarle ni un segundo más de atención a esos pensamientos.

«Si no puedes soportar el calor, mantente fuera de la cocina», pensó mientras llegaba a la puerta del colegio, «y esto va por ti, Mitchell Grey».

Después de saludar a la vecina a la que le tocaba recoger a los niños esa tarde, Kay esperó a sus dos pequeñas en el patio. Cuando la vieron, corrieron a su encuentro gritando de alegría, y ella sintió el aguijón de la culpa por no poder pasar más tiempo con ellas. Pero necesitaba trabajar para mantenerlas, y aunque el negocio empezaba a crecer, no querían arriesgarse aún a contratar más personas.

«Trabajo duro, determinación, riqueza, éxito. Los dos primeros dan lugar a los dos segundos cuando se juntan con el elemento mágico que es la suerte». Las palabras de Mitchell Grey resonaban en sus oídos mientras volvía a casa junto a las gemelas. Él sólo tenía que responder ante él si las cosas le iban mal, pero ella tenía una familia que dependía de ella, no podía jugar a especular como otros...

–¡Ya estamos aquí! –gritó, conforme abría la puerta y dejaba que Georgia y Emily entraran antes que ella.

Las gemelas atravesaron corriendo el salón y las oyó entrar en la cocina. De repente, Kay percibió dos cosas: las niñas se habían parado en seco nada más entrar en la cocina, y su madre estaba diciendo algo con un tono agudo, lo que indicaba que estaba nerviosa. Entonces oyó la voz grave y aterciopelada...

Cuando llegó a la puerta de la cocina, volvía a tener el control sobre sí misma, tan sólo traicionado por la palidez de su rostro. Mitchell Grey estaba sentado a la mesa con su madre, una taza de café y un enorme trozo del pastel de zanahoria de Leonora frente a él.

Kay se lo quedó mirando, consciente de que debería decirle algo, pero sin encontrar las palabras. Él la contempló en silencio.

–Kay, cariño, has llegado –dijo su madre.

Leonora se levantó apresuradamente de la mesa, muy nerviosa, y se acercó a ella.

–Mitchell quería decirte algo. Estaré con las niñas en el salón, ¿de acuerdo?

–Por mí no lo hagas, Leonora –rogó Mitchell sonriéndole.

Se volvió hacia las dos pequeñas que se escondían tímidamente tras las piernas de Kay:

–Vuestra abuela me ha hablado de vosotras, ¿quién es quién?

¿Mitchell Grey y su madre? ¿Había estado fuera menos de una hora y, en ese breve tiempo, su madre y él se habían convertido en amigos?

–Yo soy Georgia y ella es Emily –dijo Georgia, que siempre era la menos tímida–, ¿y tú cómo te llamas?

–Mitchell –contestó, sonriendo–, pero podéis llamarme Mitch si queréis.

Georgia asintió, con su rizos pelirrojos bailando en su cabeza. Era muy impulsiva, y se acercó a él antes de que Kay pudiera frenarla.

–¿Quieres saber en qué somos distintas para que no nos confundas? –preguntó elevando la voz.

Mitchell contempló la seria carita. Por el tono de su voz, la niña le estaba haciendo un gran honor, y él lo reflejó en su contestación:

–Me gustaría mucho, Georgia, gracias.

–Yo soy un poco más alta que Emily; ella tiene un poco de verde en los ojos y los míos son marrones del todo, como los de mamá.

–Muy bien –dijo Mitchell, asintiendo–, lo recordaré.

Emily, no queriendo quedarse a un lado, se unió a su hermana a las rodillas de Mitchell:

–Mi abuela también tiene un poco de verde en los ojos –apuntó, dándose importancia–, y mi tío Peter.

–¿De verdad?

Mitchell miró a las dos mujeres durante un momento antes de volver a las gemelas. Las cuatro eran tan parecidas, que resultaba gracioso, como tres edades de una misma persona.

–Bueno, todas tenéis unos ojos preciosos, también vuestra mamá y vuestra abuela.

Las niñas le sonrieron encantadas y Kay se dio cuenta de que tenía que atajar aquello, y rápido.

–Georgia, Emily, id arriba con la abuela y quitaos el uniforme –ordenó con energía–. Cuando os hayáis lavado y cambiado de ropa, podéis venir y tomar un vaso de leche y una galleta, ¿de acuerdo?

–¿Estarás aquí cuando bajemos? –le preguntó Georgia a Mitchell, sin consultar a su madre.

–No estoy seguro, será mejor que le preguntes a tu madre –contestó Mitchell.

La cara de Kay había pasado de estar pálida a encenderse.

–Georgia...

Se lo dijo en un tono que las gemelas reconocían sin duda, porque se dieron la vuelta sin decir nada y salieron de la cocina de la mano de Leonora sin despedirse siquiera.

–Son encantadoras –afirmó Mitchell cuando la puerta se cerró.

Kay lo contempló un rato, consciente de que se había puesto colorada.

–Señor Grey, ¿qué está haciendo aquí?

–Llámame Mitchell, por favor –le ordenó suavemente–, a menos que prefieras llamarme Mitch, claro está.

–Yo no prefiero nada.

Él asintió y comió un trozo del pastel de zanahoria, como si tuviera todo el derecho a estar allí.

Estaba enfadado, terriblemente enfadado con ella. Kay no sabía cómo había llegado a esa conclusión, porque su rostro de facciones marcadas parecía relajado y sus ojos permanecían inescrutables. Decidió afrontar la situación.

–Estás enfadado –afirmó–, y lo entiendo, pero eso no te da derecho a entrar así en mi casa.

–No estoy de acuerdo –contestó él.

Su tono, como si no pasara nada, no la engañó. Volvió a intentarlo.

–¿Cómo has conseguido mi dirección? –le preguntó ásperamente, tratando de sonar agresiva, cuando en realidad no quería que se notara que estaba temblando.

¿Tendría ella alguna idea de lo joven y vulnerable que parecía en aquel momento, con aquella postura hostil pero con su boca y sus ojos descubriendo su pánico?, se preguntó Mitchell. Maldición, lo miraba como si él fuera algún tipo de monstruo. Esa idea aumentó su enfado.

–Tenía tu nombre y tu teléfono, así que obtener tu dirección ha sido fácil –dijo.

–No quiero que estés aquí, poniendo nerviosa a mi madre y asustando a las niñas.

Hasta a Kay le sonó ridículo. Su madre estaba a gusto con él y había conquistado a las niñas.

–Pues tú no deberías haber salido corriendo como un conejillo asustado, ¿no crees? –dijo con simulada indiferencia–. Aunque te parezca extraño, no me ha gustado la situación en la que me has dejado al mediodía. Por no hablar de la excelente comida que hemos malgastado –añadió.

–No me dejaste otra opción –le espetó ella.

–Perdona que yo no lo vea así.

–No me gustan los intimidadores.

–A mí tampoco –añadió él.

Kay se lo quedó mirando mientras se preguntaba qué tenía ese hombre que la hacía reaccionar con ese rechazo impropio en ella. Hasta que apareció él, ella se las había arreglado bien con los hombres. Sobre todo, la experiencia de crearse una nueva vida y un futuro para ella y su familia le había hecho ver que no necesitaba a un hombre. Había ganado confianza y respeto por sí misma.

Mitchell terminó el trozo de pastel y se limpió la boca delicadamente.

–Tu madre es una cocinera excelente. Hacía mucho que no comía un pastel de zanahoria tan rico, y además con el hambre que tenía...

A Kay no le pasó desapercibida la indirecta, pero la ignoró. Tenía que hacer que se fuera de allí ya, y si para ello era necesario disculparse, lo haría. Tragó saliva, mientras trataba de lograr el tono adecuado: frío, sereno y sin mucha culpa. Pero al levantar la vista y observar su expresión de prepotencia, cambió de parecer.

–Me gustaría que saliera ahora mismo de mi casa, señor Grey –le pidió con el corazón acelerado.

Él cruzó los brazos por delante de su pecho, se arrellanó en la silla y la estudió con interés, igual que había hecho en el restaurante.

–Estoy seguro de que le gustaría, señora Sherwood –contestó.

Kay advirtió que había enfatizado la palabra «señora» para remarcar que no le hacía gracia aquel distanciamiento.

–Dígame –continuó él, como si no hubiera escuchado su petición–. ¿Cómo abandonó el restaurante sin que yo la viera? Sé que no fue por la cocina.

Kay parpadeó. Creía que quien hubiera ido a buscarla se habría imaginado cómo había salido, pero, si no era así, ella no pensaba hablar de su vergonzosa escapada. Se encogió de hombros.

–¿Y eso qué importa? –preguntó, tratando de sonar aburrida.

–Pues a mí sí me importa.

Su voz sonó grave y dura y, por primera vez, Kay advirtió su indignación, lo que le produjo una inmediata satisfacción. Él percibió algo, porque le urgió:

–¿Y bien? No pienso irme hasta obtener una respuesta.

–Me descolgué desde la ventana del aseo –admitió ella indolentemente.

Hubo un largo rato de silencio y entonces Mitchell se echó a reír. No de forma sarcástica ni prepotente, sino una auténtica carcajada de diversión, que tomó a Kay por sorpresa. Intentó mantenerse seria, pero su hilaridad era contagiosa, si bien era cierto que se estaba riendo de ella, y todavía sonreía cuando él volvió a posar la mirada sobre su rostro.

–Apuesto a que nunca les había pasado algo así, y además con esa falda –dijo, aún con el eco de la risa–. Has tenido suerte de no magullarte.

Kay asintió, pensando en sus rodillas. Él continuó:

–¿Y realmente preferías salir por una ventana antes que comer conmigo?

Había parado de reírse, y algo en su voz hizo enrojecer a Kay.

–No me gusta que me engañen –respondió titubeando.

–¿Y si no te engañan?

Kay sintió un escalofrío por la espalda. Mitchell se acercó y ella sintió que su cuerpo se tensaba, se sentía muy pequeña al lado de aquel hombre alto y musculoso.

–Ya te he dicho que no salgo con hombres.

Por ella, hubiera dado un paso atrás, pero como él no la estaba tocando, le pareció algo estúpido, además de que igual provocaba un malentendido. Él no la asustaba, se aseguró a sí misma.

–¿Nunca? –preguntó él.

–Nunca –repitió ella con firmeza–. Tengo que cuidar de las gemelas.

–¿Y tu madre no podría ocuparse de ellas una noche para que puedas salir? –inquirió–. Me cuesta creerlo, parece una mujer muy agradable.

–Lo es –le interrumpió Kay–, y claro que podría ocuparse de ellas si yo se lo pidiera, pero no lo hago. Prefiero no meterme en una relación...

Su voz se fue apagando al sentirse envuelta en el seductor aroma de su cuerpo masculino. ¿Cómo podía provocar aquellas sensaciones que ya creía olvidadas, sin siquiera tocarla?, se preguntó, con la piel erizada por la excitación.

–Igual que yo –afirmó él, tan atractivo con su pelo negro y su piel bronceada–. Creía que habíamos quedado en que éramos muy parecidos: libres y dueños de nosotros mismos.

Kay observó aquellos rasgos duros. «No se puede confiar en los hombres», pensó, «dicen una cosa y piensan otra». Hasta su padre, que había sido un buen hombre, jugó con la seguridad y la paz de su madre y, cuando lo perdió todo, se lo ocultó. Los hombres eran una especie diferente.

–Me gustan las mujeres –continuó él–, pero eso no significa que esté preparado para meterme en una relación, ni para proponérsela a una mujer. No creo en los cuentos de hadas, chico conoce a chica y son felices para siempre...

–Yo no me acuesto con cualquiera –le cortó Kay, con las mejillas encendidas.

–Me alegro. Yo tampoco.

Y diciendo eso, alargó la mano y le acarició la mejilla. Kay sintió su suave tacto con cada fibra de su cuerpo.

–Y no tengo ninguna expectativa, ¿de acuerdo? –añadió él–. No soy un adolescente que sólo sale con una mujer si la cita termina en la cama. El sexo es mucho más que hormonas, implica una estimulación mental además de la física, y eso se logra si la pareja se conoce y hay confianza entre ellos. Los romances de una noche no son mi idea de pasarlo bien.

Kay no podía creer que estuvieran teniendo aquella conversación. Ella sólo se había acostado con un hombre en toda su vida, Perry, y le había entregado su cuerpo porque él ya tenía su corazón. Mitchell estaba hablando de algo completamente diferente.

–Lo siento –dijo dando un paso atrás, en un intento por romper la seductora burbuja que él estaba creando a su alrededor–. Lo que he dicho iba en serio. No quiero verme envuelta en ningún tipo de relación. No estoy preparada para salir con nadie.

Él la tomó entre sus brazos y la besó, con firmeza pero sin ser brusco. Ella se tensó unos instantes, pero enseguida se vio envuelta en el delicioso aroma que ya había percibido antes y la cercanía de aquel cuerpo fuerte y seguro. Empezó a experimentar sensaciones totalmente nuevas y, como él seguía acariciándola y besándola, su cuerpo terminó por responder al placer.

Ni en sus mayores fantasías se había imaginado Kay que un hombre podía besar así, era una experiencia sexual en sí misma, y desde luego no tenía nada que ver con lo que hacía Perry. Él sólo la besaba como un prolegómeno para acostarse con ella, algo por lo que tenía que pasar para lograr lo que él realmente deseaba, pero Mitchell...

Kay se rindió a las sensaciones que le producía

con su lengua, sus labios, sus dientes, y que despertaban el deseo agazapado en su interior. Había apoyado sus manos contra su pecho y ahora las movió a sus hombros, abrazándolo, fundiéndose con él en pleno gozo. Podía sentir sus senos contra su pecho, el más mínimo movimiento le provocaba olas de placer, y tuvo que controlarse porque su cuerpo quería más.

De repente, Mitchell paró y la apartó de sí.

–Kay –murmuró–, creo que las gemelas están bajando.

¡Se había olvidado de ellas, de todo en general!

Se fue recomponiendo mientras comprobaba que se habían lavado las manos y les daba la leche y las galletas.

–Me alegro de que aún estés aquí –habló Georgia–. ¿Has terminado de hablar con mamá?

–Sí, ya hemos acabado –se apresuró a responder Kay, con una voz terriblemente tranquila para lo agitada que se sentía por dentro–. Ahora, ve y tómate la merienda, anda.

–La abuela dice que eres amigo de mamá –afirmó Emily–. ¿Eso quiere decir que vendrás más veces?

–¿Os gustaría que viniera otro día? –preguntó Mitchell, sonriendo a las pequeñas.

–¡Sí! –contestaron al unísono.

–Bueno, pues ya veremos.

Por encima de su cadáver, pensó Kay.

–Decidle adiós al señor Grey –ordenó, forzando la sonrisa–. Vuelvo en un par de minutos.

Abrió la puerta de la cocina y le hizo una seña

a Mitchell para que la precediera. Justo en ese momento, Leonora bajaba las escaleras y, como se los quedó mirando, primero a Kay, luego a Mitchell, y de nuevo a Kay, ésta le pidió:

–¿Puedes quedarte un momento con las niñas mientras me despido del señor Grey?

–Claro.

No quiso recordarle que las gemelas eran perfectamente capaces de merendar sin supervisión, pero lo que sí dijo, y muy cálidamente, para consternación de Kay, fue:

–Ha sido un placer conocerte, Mitch.

–Lo mismo digo, y el pastel de zanahoria estaba delicioso.

Leonora le sonrió abiertamente y Kay se sintió traicionada. Cuando la oyó cerrar la puerta de la cocina, se giró hacia él.

–¿Dónde está tu coche? –preguntó sin rodeos.

–¿Te preocupa que tenga que hacer autoestop para volver? –rió–. Está doblando la esquina, y antes de que preguntes, te diré que no quería que vieras el coche porque seguro que, si lo hacías, me volverías a rechazar.

La hacía parecer una caprichosa, pensó Kay observándolo, tratando de ignorar lo alto que era.

–Te recogeré a las ocho –anunció él mientras se alejaba.

–¡No voy a ir a ninguna parte contigo! Creía que lo había dejado claro –dijo ella secamente.

–Lo que has dejado claro, Kay, es que necesitas ser besada –afirmó él tranquilamente.

También había revelado que su ex marido no le

había dado lo que ella necesitaba, pensó Mitchell para sí. Tal vez conociera la parte física del sexo, y prueba de ello eran las gemelas, pero desde luego su sexualidad no había sido despertada, de eso estaba seguro.

Su cuerpo respondió a aquel pensamiento, igual que cuando la había tenido entre sus brazos. Se preguntó si tendría pecas en más partes de su cuerpo además de en la cara. Ya lo averiguaría, pero sin prisas. Kay era tan nerviosa, que un paso precipitado la haría salir corriendo.

–¡No necesito ser besada! –dijo entre dientes, acercándose a él– ¡Y desde luego no deseo ser besada por ti! –mintió.

–Tendré que trabajar en eso –murmuró él, pensativo–. Toda mujer debería desear que la besaran.

–Ése es el típico comentario machista –le espetó ella, con tanto desprecio como pudo.

–No hay nada típico en mí, Kay, y tengo intención de demostrártelo, pero todo a su tiempo. Todo lo que te ofrezco de momento es una simple comida y una tarde tranquila, donde puedas relajarte un poco. Está claro que has olvidado cómo divertirte, pero afortunadamente sé cómo remediarlo.

Sus palabras sonaban inocentes, pero al sonreír, Kay apreció un destello en sus ojos.

–Te recogeré luego. No hace falta que te arregles mucho, vamos a un sitio muy sencillo.

Sonrió con desenfado, se dio la vuelta y salió del jardín sin mirar atrás.

Kay se quedó un momento quieta, y luego caminó hacia la verja y contempló su calle y su casa. Una de las cosas que más le gustaban de aquel lugar era lo tranquilo que era, ¡y ahora la calma se había esfumado! Frunció el ceño. Mitchell Grey no tenía derecho a aparecer por allí, pero era un hombre, por lo que empezaba a ver, que seguía sus propias reglas.

¿Por qué habría ido a su oficina aquel día? No quería nada con nadie, y menos con él. Él había dicho que eran parecidos, pero eso no era cierto. Él era libre, pero ella tenía a Georgia y a Emily, y eran lo primero en su vida.

Suspiró irritada y miró el reloj: eran las cinco de la tarde. En tres horas, él estaría allí de nuevo para llevarla a algún lugar. Muy a su pesar, al pensarlo se le aceleró el pulso. Muy bien, saldría con él, pero se aseguraría de estropearlo más que la vez anterior. Ella era madre, tenía unos compromisos, y no quería «divertirse» como había dicho él. Ni siquiera sabía lo que quería... pero desde luego, no a Mitchell Grey.

Los pensamientos de Mitchell eran muy parecidos a los de Kay, conforme entraba en el coche. ¿Por qué seguía detrás de ella, ahora que sabía que era madre? Y además, él nunca había tratado con gente que no fuera millonaria, no era su terreno. Debería haberse marchado antes de que Kay volviera, pero algo le había hecho quedarse. Era una locura, estaba loco. Maldita sea, si además ella le había dejado bien claro que no quería nada con él...

Se recostó en el asiento, estiró las piernas y cerró los ojos. ¡Menudo día! Había rehecho su agenda y cambiado reuniones para tenerlo libre, ¿y todo para qué?: para salir con una pelirroja no especialmente arrebatadora y que además tenía dos hijas y una madre a su cargo.

Pero había algo en ella... Se incorporó y abrió los ojos. Había algo en ella que lo hacía sentirse de una forma en la que no se había sentido en mucho tiempo.

Sacudió la cabeza, encendió una lucecita en el interior del coche y sacó unos papeles de su portafolios. Cuando la viera por la noche, pondría fin a todo aquello. Su agenda estaba repleta de mujeres que estarían encantadas de salir con él. Kay Sherwood era una complicación sin la que podía pasar perfectamente. La semana que viene, ni siquiera se acordaría de ella.

Pero sabía que se estaba engañando a sí mismo...

Capítulo 4

VAS a salir a cenar con Mitch así vestida?
Kay miró a su madre y suspiró. Su madre apenas había hablado de él desde que se había marchado, pero su silencio lo decía todo, por no hablar de su entusiasmo al hablar con las gemelas del «nuevo amigo de vuestra madre».

–Tengo veintiséis años, mamá, no seis, y soy perfectamente capaz de decidir lo que me pongo, ¿de acuerdo? –respondió Kay suavemente.

Leonora le lanzó una mirada ofendida. Evidentemente, los vaqueros negros y el jersey de cachemira en suaves tonos violeta no le parecían apropiados.

–Dijo que no me arreglara mucho, ¿recuerdas? Y además, no sé por qué te ha caído tan bien, ese hombre está interesado en lo mismo que todos –afirmó con vehemencia–. Y como de mí no lo va a obtener, será una velada corta y probablemente desagradable. Dejémoslo ahí, ¿de acuerdo?

–Oh, Kay, yo sólo quiero que seas feliz – le dijo su madre, acercándose a ella y tomándole de las manos–. Lo has pasado tan mal los últimos tiempos, y un hombre como Mitch, rico, guapo...

–Soltero –añadió Kay con sorna.

–¿Y qué? –continuó su madre sin inmutarse–. Un hombre como éste sólo aparece una vez en la vida. Sólo digo que le des una oportunidad. Trata de divertirte, y a ver qué pasa.

–¿Qué os pasa a todos últimamente, que os preocupa tanto que me divierta? –preguntó, medio indignada, medio divertida–. Mira, al final de la noche todo habrá acabado. No tenemos nada en común. Un hombre como él no sale con mujeres como yo.

–Pero es a ti a quien a invitado a salir esta noche –apuntó Leonora–, y eso después de lo que hiciste durante la comida. Está claro que le interesas –declaró triunfante.

–No te hagas ilusiones, mamá. Además, yo no quiero un hombre. Me gusta mi vida de ahora.

Leonora le soltó las manos sin decir nada, pero un elocuente resoplido habló por ella.

–Llevaré el móvil encendido; si necesitas cualquier cosa, llámame. Si Emily empieza a toser, la medicina está en la mesilla. Y si tienen sed, no les des zumo, sólo agua...

–Por Dios santo, Kay, tan sólo ve y diviértete –le aconsejó Leonora, algo irritada–. No es la primera vez que me quedo sola con las gemelas. Eres algo más que madre de tus hijas, y eso no significa que las quieras menos. Eres joven, tienes mucha vida por delante. Ya es hora de que dejes atrás el pasado.

Un toque en la puerta de entrada anunció que Mitchell había llegado. A Kay le pareció gracioso ver a su madre casi al borde del pánico, pero ella también se puso nerviosa. Tomó aire y abrió la puerta, y entonces el corazón le dio un vuelco: Mitchell estaba impresionante. En vez de traje, llevaba una gruesa chaqueta de cuero negro y unos pantalones también negros, que acentuaban su atractivo. Kay advirtió que se había afeitado de nuevo y la idea de que lo había hecho por ella la hizo estremecer.

–¡Hola! –saludó él, sacando un ramo de rosas y fresias de su espalda–. Éstas son para tu madre.

A continuación, sacó del bolsillo de la chaqueta una caja transparente con una orquídea blanca.

–Y ésta es para ti –murmuró, colocando la caja en sus manos.

Kay le dio las gracias sin mucha convicción. No quería que él le regalara nada.

–Entra un momento, voy por mi abrigo –dijo Kay.

Dejó a su madre disfrutando de las rosas mientras ella subía a su cuarto y se prendía la orquídea al jersey. Desde la escalera, le llegaron las risas de su madre y Mitchell, y por un momento se sintió desplazada. Aquél era su refugio, y él se había introducido en él, invadiéndolo.

Al entrar en la cocina, forzó la sonrisa y preguntó con voz crispada:

–¿Nos vamos?

–Claro.

–¿Adónde vais?

Los tres se giraron y vieron a las dos pequeñas en pijama, sentadas en la escalera.

–Pero bueno... –la voz de Kay se había suavizado de pronto–, ¿Qué hacéis levantadas? Deberíais estar durmiendo desde hace más de media hora...

–Yo me ocupo de ellas, vosotros marchaos –se ofreció Leonora.

Pero fue Mitchell el que acudió junto a escalera con una gran sonrisa y preguntó:

–Voy a llevar a vuestra mamá a cenar algo, ¿os parece bien?

Se miraron la una a la otra y se volvieron hacia él, asintiendo.

–Bueno, ya habéis dicho hola, ahora volved corriendo a la cama –ordenó Leonora.

Kay se despidió y Mitchell y ella salieron de la casa. En la calle estaba aparcado un magnífico deportivo. Mitchell abrió la puerta del copiloto y ayudó a entrar a Kay y, cuando lo sintió en el asiento de al lado, cada nervio de su cuerpo se estremeció.

–Menudo coche –dijo ella, tratando de romper la atmósfera de intimidad.

–Es un Aston Martin –anunció él suavemente.

–Debe de ser muy caro.

–El niño con su juguete, ¿es eso lo que piensas de mí? –preguntó él secamente.

No tenía nada de niño, pensó Kay, mientras trataba de no prestar atención a las musculosas piernas que dejaba adivinar el cuero negro.

–Claro que no –respondió sinceramente–, ¿Por qué? ¿Para ti es así?

–Una respuesta muy diplomática, señora Sherwood –respondió él sonriendo–. En cierta forma estás en lo cierto, me gusta correr en coche, la velocidad y todo eso. De vez en cuando corro en un circuito privado, podrías venir a verme un día.

–No creo que me gustara –objetó ella fríamente–. La vida es un don demasiado precioso como para andar jugando con ella.

Kay le vio apretar los labios, pero no dijo nada, y durante un rato quedaron en silencio.

–¿Estás diciéndome que practicar ese deporte, y llevo años ya, se debe a una especie de deseo de suicidio? –preguntó él bruscamente.

Vaya, había dado en un punto delicado, pensó Kay.

–Yo no he dicho eso –afirmó–, pero si estuvieras a gusto con tu vida normal, no tendrías necesidad de correr riesgos innecesarios.

De nuevo, reinó el silencio entre ambos, mientras el coche volaba por la autopista.

–¿Por qué lo haces? –preguntó él irritado, al cabo de un rato–. Discutes, causas problemas... Ninguna de las mujeres que conozco tiene ideas tan fijas.

–Si quieres una compañía que te diga sólo lo que quieres oír, que esté de acuerdo con todo lo que dices y te alabe como si fueras un semidios, has escogido a la mujer equivocada. Tengo mis propias ideas y opiniones porque uso mi cabeza, y no pienso disculparme por ello. Durante una época, mi vida perdió todo su sentido, pero ahora la valoro mucho.

–Qué suerte tienes –dijo él secamente.

–Tal vez. Pero la suerte es lo opuesto a la mala

suerte, y si giras la moneda demasiado rápido, las dos caras se confunden. Hubo gente que vivió como una calamidad el hecho de que Perry se marchara dejándome embarazada, pero eso fue una bendición en mi vida y me dio fuerzas para afrontar el futuro.

–¿Perry era tu marido? –preguntó él delicadamente, sus ojos fijos en el rostro de Kay.

Ella asintió. De repente, se dio cuenta de que había revelado una parte íntima de su vida, y encima a Mitchell Grey.

–No te cierres otra vez, por favor, Kay –rogó él.

Ella se lo quedó mirando, confundida. Parecía que le leía el pensamiento.

–¿Por qué te dejó? –preguntó cuidadosamente–. ¿Seguís en contacto, al menos por las niñas?

–En realidad lo eché yo, nuestro matrimonio no iba bien y el colofón fue descubrir que tenía una amante –respondió ella–. No hemos vuelto a verlo desde el divorcio. Y así es como me gusta.

Silencio. Mitchell puso música mientras pensaba irritado en ese marido desconocido que la había abandonado a su suerte.

Mientras tanto, Kay se arrepentía de haber hablado tanto. ¿Qué pensaría él ahora?

Al cabo de diez minutos, en esa atmósfera incómoda, Mitchell anunció:

–Casi hemos llegado.

–¿Adónde? –preguntó ella. Algo en su voz la puso en guardia.

–A mi casa –respondió él tranquilamente, y al

ver su cara de susto, añadió–. Pero no te preocupes, no estaremos solos: tengo una persona que se ocupa de la casa, y que además cocina como nadie.

Un minuto después, entraban en una urbanización de amplias avenidas y casas lujosas. Mitchell detuvo el coche frente a unas enormes puertas metálicas, las abrió por control remoto y entraron en unos preciosos jardines iluminados con luces estratégicamente situadas para hacerlo acogedor.

La avenida de entrada era larga, y Kay tuvo tiempo de apreciar la belleza de todo aquello.

–Qué lugar tan bonito –exclamó, impresionada–. ¿Hace mucho que vives aquí?

–Ocho años –contestó él, parando el coche a la entrada de una magnífica casa–. Lo adquirí en subasta por muy poco dinero, porque estaba abandonado y sucio, y los jardines totalmente descuidados. La «ganga» se llevó todo mi dinero, además de una hipoteca importante. Pero confié en mi negocio, que empezaba a despegar, y en doce meses rehabilité el sitio.

Kay asintió, cautivada cada vez más por aquel hombre.

–Te ha quedado muy bien –dijo, casi sin aliento.

–Tan sólo hacía falta un poco de imaginación, creatividad, bastante energía y mucho cariño –le respondió él sonriendo–. Yo hice algunas cosas, pero fueron los profesionales los que tienen el mérito de la rehabilitación. Ven, te enseñaré la casa.

En cuanto salió del coche, Kay se quedó sorprendida por el silencio que reinaba en el lugar. Era como estar en medio del campo.

Se disponían a subir las escaleras de entrada a la casa cuando la puerta se abrió y apareció un hombre alto de aspecto distinguido.

–Buenas noches, señor Grey, me pareció oír su coche.

–Hola, Henry, esta es la mujer de la que te había hablado, Kay Sherwood. Kay, éste es mi asistente doméstico, Henry.

Era la viva imagen del típico mayordomo de clase alta, pensó Kay sorprendida. Su sorpresa aumentó cuando se dirigió a ella con cierto regocijo:

–Es un placer conocerla, señora Sherwood. Llevaba mucho tiempo esperando que una mujer pusiera en su sitio al señor Grey, y creo que usted lo ha logrado de una forma magnífica este mediodía, si me permite decírselo.

–No hace falta, Henry –dijo Mitchell, divertido–. No necesita que la animes al respecto, créeme.

Kay estaba anonadada. Quiso mirar a Mitchell, que estaba a su lado, pero resistió el impulso y tendió la mano para estrechársela a aquel hombre que además de asistente doméstico era un buen amigo, se veía claramente.

–Gracias por el voto de confianza, Henry, trataré de estar a la altura.

–No tengo ninguna duda de que lo logrará, señora Sherwood.

Le estrechó la mano con firmeza. Debía de tener unos cincuenta años, aunque su pelo blanco le hacía parecer mayor. A Kay le cayó bien.

–Voy a enseñarle un poco la casa, Henry, y luego tomaremos una copa en el salón –anunció Mitchell mientras la tomaba por el codo y la introducía en la casa.

Todo en su interior daba sensación de luz y espacio: los techos altos, las paredes forradas de madera de roble y arce, los espejos estratégicamente situados... Cada una de las ocho habitaciones tenía un estilo diferente, y todas le encantaron a Kay, pero el dormitorio principal la incomodó. Diseñado en tonos crema y café, era tremendamente masculino, y la enorme cama con colchón de agua era la más grande que había visto nunca. Imágenes de Mitchell descansando voluptuosamente en ella, o disfrutando de la bañera de hidroterapia, invadieron la mente de Kay, y cuando bajaron al salón estaba excitada, más aún por la actitud comedida, incluso algo distante, con que Mitchell le había mostrado la casa.

Henry les sirvió un par de cócteles y se quedaron solos. Mitchell se sentó en un sofá frente a ella, relajado y en paz con el mundo. No parecía tener prisa por establecer conversación, pensó ella mientras trataba desesperadamente de encontrar un tema para hablar y así dejar de pensar en aquel cuerpo fuerte y fibroso.

–Parece que Henry y tú os conocéis desde hace mucho tiempo –empezó.

–Diez años –afirmó él–. Henry era uno de los mejores chefs de Londres, ganaba una fortuna.

–¿Y cómo...? –se detuvo, no quería ser entrometida.

–¿Cómo terminó trabajando para mí? –terminó

él sin molestarse–. Es una larga historia, pero debe ser él quien te la cuente. Sí te puedo decir que somos amigos. Henry es un hombre honorable, y no he conocido a muchos, la verdad.

Kay paseó la mirada por la sala y miró por los enormes ventanales, que daban a un jardín muy acogedor. Mitchell la observó unos instantes.

–El jardín es muy agradable. La próxima vez deberías venir de día: en el lago hay patos, seguro que te gustarían.

–No te privas de nada –comentó ella, ignorando deliberadamente lo de una «próxima vez».

–Me gusta tener una base, un sitio totalmente mío –apuntó él–, tal vez porque no tuve nada de eso de pequeño. Incluso ahora, me paso el día viajando y durmiendo en hoteles. Este lugar es mi refugio, mi fortaleza.

–Es una fortaleza impresionante.

–Lo que hago, lo hago bien, Kay.

Ella decidió ignorar el doble sentido de sus palabras y el brillo de sus ojos.

–¿Viajabas mucho cuando eras pequeño? –preguntó.

–Mi padre era militar.

Conforme hablaba, el hombre relajado y confiado se transformó en un ser hermético. Kay percibió que estaba en terreno delicado, pero necesitaba saber más de él.

–Nunca estábamos más de dos años en el mismo sitio, así que me acostumbré a no echar raíces –continuó, encogiéndose de hombros–. Mi hermana y yo buscábamos nuestra identidad.

–¿Tienes una hermana? –preguntó sorprendida, pues nunca antes la había mencionado.

–La tuve –respondió él, poniéndose en pie y cruzando la habitación para llenar su copa–. Murió en un accidente de coche junto con mis padres cuando yo tenía quince años.

–Oh, Mitchell, lo siento mucho –dijo Kay, conmovida–. No debería haber preguntado.

–No seas tonta, Kay, eso fue hace mucho tiempo.

Su voz parecía normal, pero desvelaba mucho más de sus sentimientos de lo que él creía. Tal vez el accidente hubiera ocurrido mucho tiempo atrás, pero aún no lo había superado. Kay sintió un inmenso deseo de consolarlo. Él le daba la espalda, pero ella intuía que cargaba con aquel dolor desde hacía mucho tiempo sin permitir que nadie lo viera.

–¿Buscaste ayuda psicológica? –preguntó, preocupada–. Sólo eras un niño.

–Tenía quince años, Kay, y ya era un hombre, créeme; podía cuidar perfectamente de mí mismo.

Kay advirtió una expresión dura en su rostro que la dejó sin aliento. ¿Qué demonios había pasado en su familia que le había marcado tanto? Una cosa estaba clara: que la fachada de hombre exitoso y tranquilo, que tiene todo lo que quiere y posee un enorme control sobre sí mismo y lo que le rodea, era sólo eso, una fachada.

Kay bebió un sorbo de su copa, dándose tiempo para recomponerse. Habían entrado en un terreno demasiado íntimo en el que no quería continuar. Volvería a poner distancia.

–Tu madre me contó cómo acabó viviendo con tus hijas y contigo –comentó Mitchell, claramente tratando de cambiar de tema–. Debieron de ser tiempos duros para ti, pero ella dice que fuiste su roca, su mayor apoyo.

Ojalá fuera eso todo lo que su madre había dicho, pensó Kay.

–Pareces demasiado delicada para ser la roca de nadie, pero empiezo a darme cuenta de que las apariencias engañan cuando se trata de ti –murmuró pensativo, con su voz de nuevo seductora.

Kay empezaba a pensar lo mismo de él, pero no se lo dijo.

–No fue para tanto –dijo secamente–. Mi madre estaba pasando un mal momento, pero no me mudé para cuidar de ella. Tan sólo necesitaba tenernos cerca y le vino bien ocuparse de las gemelas mientras yo trabajaba. En el fondo, es una mujer fuerte.

–Debes de quererla mucho.

–Claro –respondió ella sorprendida–, es mi madre.

–Una cosa no implica la otra –objetó él mientras bebía de su copa.

Su voz no había cambiado, pero Kay supo que se estaba refiriendo a su propia madre. Decidió cambiar de tema, y dijo alegremente:

–¿Sabes? Creo que toda la planta baja de mi casa cabría en esta habitación. Debes de dar unas fiestas tremendas aquí.

–Desenfrenadas. ¿Te gustaría venir a alguna? Tu madre dice que no sales mucho.

Se quedó helada. Iba a tener unas palabras con su madre al llegar a casa.

–Ya te lo he dicho, no tengo ni el tiempo ni las ganas de tener un romance.

–Pero si ni siquiera sales al cine con una amiga –comentó él–. Mucho trabajo y nada de diversión...

Kay se le quedó mirando. ¿Cómo osaba decirle lo que tenía que hacer? No era asunto suyo.

–Soy madre y mantengo mi casa –afirmó tajante–. No todos podemos hacer lo que nos plazca y vivir la vida sin preocupaciones ni compromisos.

–Tienes tanto miedo, que se te ha olvidado lo que es disfrutar –dijo él, implacable–. Ven aquí.

Se acercó a ella y le ofreció su mano. Kay lo miró y notó que se le aceleraba el pulso. Él la iba a besar, y en aquel momento se dio cuenta de cuánto lo deseaba. Pero no se atrevió a moverse.

–Kay –dijo él, con una voz más sexy que nunca–, sólo voy a llevarte a cenar.

Capítulo 5

QUÉ tal ha ido?

Kay esperaba que su madre estuviera dormida, teniendo en cuenta que era la una de la madrugada, pero nada más abrir la puerta del dormitorio, ella encendió su lamparita.

Kay agradeció la idea de haberse puesto el pijama en el baño, así podría acostarse rápidamente.

–Bien –contestó, metiéndose en la cama y girándose hacia la pared–. Buenas noches.

–¿Es eso todo lo que vas a decirme? –preguntó su madre en un susurro, pero no por ello con menos intensidad.

–Mamá, tengo que levantarme a las seis y mañana tengo un día terrible. Ha sido una velada agradable y ahora estoy en casa, ¿de acuerdo?

–Sólo dime: ¿vas a volver a verlo? –le pidió.

Era la pregunta del millón. Kay respiró hondo:

–No.

–¿Por qué? –preguntó Leonora, angustiada.

–Porque no me lo ha pedido. Y ahora, necesito dormir. Buenas noches, mamá.

Sabía el esfuerzo que debía de haberle costado a su madre no seguir preguntando, pero realmente necesitaba descansar. Sin embargo, no podía conciliar el sueño; no paraba de recordar cada momento desde que él había ido a buscarla.

Había sido una cena maravillosa. Según había avanzado, se había ido encontrando más a gusto. Mitchell había sido un acompañante divertido y fascinante. Kay se obligó a hacerse la dormida, pero cada célula de su cuerpo reaccionó al recordar su imagen, lo que había dicho, la forma en que la había hecho reír a pesar de su determinación de no divertirse.

Los cinco platos, servidos por un sonriente Henry, habían sido a cuál más delicioso, pero la estrella fue el postre más espectacular que ella había visto nunca: una mousse con naranjas y fresas, decorada con chocolate negro y naranja caramelizada.

–Pareces una niña en una tienda de golosinas –le había dicho él con su aterciopelada voz y un tono suave y hasta tierno.

Luego habían seguido hablando de todo tipo de cosas durante el café y una copa, y había tenido que recordarse constantemente que aquél era Mitchell Grey, el enemigo, porque había sido... ¿qué? Increíble. Maravilloso. Mágico.

Cuando Mitchell llamó al taxi, ella sabía que lo hacía porque no quería conducir bebido, pero intuyó que la otra razón era aprovechar el tiempo junto a ella. Se había dicho a sí misma que no volvería a dejar que la besara de nuevo, pero en cuanto se acercó en el asiento trasero del taxi, ella se derritió en sus brazos.

Kay se obligó a quedarse quieta, aunque lo que deseaba era moverse.

Era una completa idiota, pensó al recordar su propia debilidad. Y además él no le había pedido que se vieran de nuevo.

El problema estaba en que era tan seductor, con la firmeza de sus labios, el olor de su piel, su fragancia masculina... Al principio la había besado como si probara algo muy dulce y caro, rozando sus labios delicadamente hasta que despertó su deseo y se rindió a él. En la penumbra del asiento trasero, la había llevado hasta límites donde ella nunca había llegado antes, tan sólo besando la piel más sensible de sus orejas, su cuello, sus hombros...

Ella se daba cuenta de que él había sabido leer su cuerpo perfectamente, ¿por qué entonces no había dado un paso más? Su deseo rezumaba por todos los poros de su piel, pero él no había hecho más que acariciarla y besarla. Era cierto que estaban en el taxi, pero ni siquiera había rozado sus pechos. Y al llegar a Ivy Cottage, se habían despedido muy civilizadamente. Pero era mejor así, ya que no quería volver a verlo, se mintió a sí misma.

Tenía que dormir algo. Respiró profundamente y apartó esos pensamientos con una técnica de relajación que había perfeccionado durante la última época que vivió con Perry. Le llevó más tiempo del habitual, pero poco a poco logró conciliar el sueño.

La mañana siguiente fue la locura de siempre, entre que ayudaba a las gemelas a vestirse, desayunar y prepararse para el colegio y se preparaba ella, pero cuando Peter tocó el claxon a las ocho, Kay estaba lista. Normalmente acudía al trabajo en la moto, pero como estaba en el taller, su hermano había pasado a recogerla.

–Hola –gruñó él.

Su hermano no tenía muy buen despertar, y casi mejor, agradeció ella, porque así no desearía hablar y no le preguntaría por la comida con Mitchell. Comentaron algunas cosas del trabajo del día y entonces él cambió de tono:

–Hablando de trabajo, ¿qué tal fue la comida con Mitchell Grey? –preguntó casualmente.

Kay se le quedó mirando.

–Bueno... Mamá me telefoneó –confesó él–. Sólo me dijo que la comida no había ido muy bien, y algo así como que saliste por una ventana, y que él se había presentado en tu casa y que ibais a salir anoche.

–Pues ya lo sabes todo –contestó Kay escuetamente.

El resto del viaje lo hicieron en silencio.

Cuando Kay volvió a Ivy Cottage a las seis, estaba agotada. El día había ido bien, había hecho buen tiempo y había podido comer con calma, pero se sentía como si todo hubiera ido mal.

No podía dejar de pensar en Mitchell Grey. Los dos eran tremendamente diferentes y entre ambos nunca habría nada parecido a una relación, así que, ¿qué tenía él que no se le iba de la cabeza?

¿El magnetismo sexual que destilaba como ningún otro hombre que hubiera conocido? ¿O el potente cóctel afrodisíaco de éxito unido a poder?

Respiró hondo. Fuera lo que fuera, la hacía sentirse más viva que nunca.

–Para –se dijo en voz alta–. Para ahora mismo. No te ha pedido que os volváis a ver, y mejor así. Siendo madre de dos niñas, no eres el tipo de mujer que le interesa.

Respiró hondo varias veces, irguió la espalda y levantó la barbilla. Era mejor así, en poco tiempo sus ridículos sentimientos se desvanecerían. Tenían que hacerlo.

Rodeó la casa y al entrar le inundó el aroma de un enorme ramo de flores que estaba sobre la mesa del salón..

–¡Kay! Hola, cariño –saludó su madre.

–¡Mamá, te hemos esperado un millón de años! ¡Mira! –dijo Emily, acercándola al ramo.

–Tiene una tarjeta, pero la abuela no nos ha dejado abrirla –comentó Georgia–. Mira, aquí.

Kay extrajo el sobre de la profusión de rosas, orquídeas, margaritas y fresias y leyó la tarjeta:

Lo pasé muy bien anoche. ¿Podemos repetirlo otro día? M.

Lo volvió a leer y entregó el ramo a su madre. Luego, se volvió a las gemelas.

–Es un regalo para todas nosotras del señor Grey, el hombre que conocisteis ayer. Qué detalle, ¿verdad?

¿Podemos repetirlo otro día? ¿Qué quería decir con eso? ¿Sería una forma educada de despedirla o realmente quería verla de nuevo? Y si era así, ¿qué iba a hacer ella?

Levantó la vista y se encontró con la mirada de su madre.

–Son unas flores preciosas, y además hay muchísimas –comentó Leonora.

–Sí –respondió Kay, escuetamente.

–Prepararé la cena mientras te duchas y te cambias, ¿de acuerdo?

Asintió. Se quedó un rato hablando con las niñas y luego subió a su cuarto. Estaba molesta consigo misma por la excitación que le recorría el cuerpo. Tenía que controlar aquello, se dijo, mientras se metía en la ducha; ella no era así.

Cuando se vio vestida con una camiseta y unos vaqueros viejos, se sintió ella de nuevo. Se contempló en el espejo. Debía de estar loca por haber creído que Mitchell Grey podía interesarse por ella. Aquellas flores eran su manera de decir adiós.

Mientras bajaba las escaleras, el teléfono sonó. Kay vio a su madre salir apresurada de la cocina hacia el salón.

–Ése debe de ser Mitch –dijo desenfadadamente, evitando mirarla a los ojos–. Te llamó hace un momento, le dije que estabas en la ducha y que volviera a llamar en un rato.

Georgia, que había descolgado, saludó alegremente, la llamó y le tendió el auricular. A ella se le aceleró el corazón. Llegó junto a Georgia y tomó el auricular.

–¿Kay? Soy Mitchell.

Su voz suave y seductora la hizo estremecer.

–Hola –dijo ella con un hilo de voz–. Muchas gracias por las flores. No deberías haberte molestado.

–Ha sido un placer –contestó él tranquilamente–. Me preguntaba si estarías libre el fin de semana.

Nunca se había sentido tan confusa en toda su vida: si decía que no, probablemente él dejaría de molestarla; si decía que sí...

–¿Qué tal ir a cenar y al cine el sábado por la noche? O podemos salir simplemente a tomar algo, si lo prefieres. Vayamos con calma, Kay, a eso me refiero. Dijiste que no estás preparada para una relación. Creo que deberías salir de la jaula en la que te has encerrado y volver a disfrutar de la vida. Así que empecemos como amigos, sin ataduras, y vayamos despacio. Si alguno de los dos quiere dejar de ver al otro, no hay problema; si alguno de los dos quiere dar un paso más, lo hablamos. ¿Cómo lo ves?

De una sangre fría extrema. Parecía que estaban hablando de un negocio. Lo que proponía era razonable, pero echaba en falta algo de pasión.

–¿Kay?

No podía dudar por más tiempo. Bueno, no tenía nada que perder. Tomó aire:

–Cenar e ir al cine suena genial –dijo con cautela.

–Bien. Te recogeré a las siete, iremos a la última sesión del cine. ¿Quieres ver algo en concreto?

De repente, se dio cuenta de que no tenía ni idea de las películas en cartel. No iba al cine desde que las gemelas nacieron. ¡De hecho, no salía desde que las gemelas nacieron!

–Elige tú –le pidió.

–Te sorprenderé –afirmó él suavemente.

Kay no quería prolongar la despedida, con su madre delante, así que dijo adiós y colgó.

–Vas a volver a verlo –dijo Leonora triunfante.

–Tranquilízate, mamá. Sólo vamos a salir como amigos –advirtió Kay.

–Oh, claro –respondió la madre sonriendo satisfecha.

–¿Es el hombre que ha mandado el ramo? –preguntó Emily.

Las gemelas habían seguido la conversación telefónica.

–Sí, cielo.

–Me gusta –afirmó Emily.

–Y a mí también –se sumó Georgia.

Kay se dejó caer en el sofá. Tres contra una no era justo.

Capítulo 6

LAS siguientes semanas fueron un cambio. Kay veía a Mitchell cada día, comían o cenaban juntos, iban a bailar, al cine o al teatro, a jugar a los bolos, a patinar sobre hielo, e incluso estuvieron en un par de subastas. Tal y como él había prometido, se divertían mucho. Pero no era del todo real, pensaba Kay, porque no era la vida cotidiana. Al menos la suya.

Era la mañana del sábado anterior a Navidad, y Kay reflexionaba mientras fregaba los cacharros.

Él la entretenía y, cuanto más lo veía, más le gustaba, pero no habían vuelto a tener una conversación sobre cosas personales desde la primera cena en casa de Mitchell. En realidad, no lo conocía. Era un hombre duro, manteniendo siempre el control de sí mismo y de los demás, y ella no podía atravesar esa barrera invisible. Y lo más irónico era que él la había acusado de lo mismo la noche anterior. Luego, al despedirse, su beso lo había dejado con ganas de algo más.

Cerró los ojos mientras fregaba un plato con un vigor innecesario. Cuanto más estaba con él, más deseaba estar con él, y no era eso lo que ella había planeado.

Tal vez si se hubieran convertido en amantes, esa pasión que la inundaba se hubiera agotado. Pero ella no era así. Sólo entregaba su cuerpo si había entregado su corazón. Tal vez fuera algo anticuada, pero no quería sentirse como una conquista más.

Movió los hombros, que se le habían puesto tensos al pensar en todo aquello.

¿Se habría equivocado al reducir el contacto entre Mitchell y las niñas al mínimo posible? Eso ayudaba a separar los dos mundos: en un momento estaba cenando en el mejor restaurante, y al siguiente estaba de vuelta en casa cambiando las sábanas de sus pequeñas porque estaban mal del estómago, o examinando sus cabezas por si tenían piojos.

La cosa era que no quería que Georgia y Emily se acostumbraran a Mitchell, admitió, no era justo para ellas. Él había dejado muy claro en su primera cita que mantener la fidelidad a largo plazo no era para él, y ella sabía que aquella amistad, que no era una amistad y no sabía muy bien cómo definirla, no duraría. ¿Cómo explicar eso a unas niñas a las que les había gustado él desde el primer momento?

Suspiró profundamente, terminó de fregar y puso agua a calentar para una infusión que estaba preparándole a su madre. Los dos últimos días, Leonora se había sentido bastante mal, pero aquella mañana no había podido levantarse de la cama y Kay había llamado al médico. Estaba llevándole la infusión a su madre cuando una llamada a la puerta anunció la llegada del doctor Galbraith. Éste diagnosticó que Leonora tenía gripe, y además, una infección en el pecho, que podía ser peligrosa dada su edad.

–No permita que salga de la cama y haga que beba muchos líquidos –le aconsejó el médico a Kay.

Ella asintió y deseó no haberlo hecho, al intensificarse el dolor de cabeza con el que se había levantado aquella mañana.

–¿Cómo se encuentra usted? –continuó el médico–. No tiene muy buen aspecto. Seguramente lo estará incubando, es posible que todos los de la casa se contagien. Francamente, si usted tenía planes para estas navidades, le recomiendo que los cancele.

Genial. ¡Menudas navidades! Kay lo acompañó a la puerta y la cerró rápidamente, tiritando de frío. Luego salió con las niñas a la farmacia y, a la vuelta, fue sintiéndose peor a cada minuto.

Después de darle las medicinas a su madre y estar un rato con ella, Kay bajó al salón y se encontró a Emily tumbada en el sofá con su osito de peluche y quejándose de que se encontraba mal. Se agachó para tocarle la frente y casi se cae del mareo. Y encima Emily estaba ardiendo. Maldita sea, estaban cayendo como moscas y faltaban sólo tres días para Navidad, con las ganas que tenían las gemelas de celebrarlo.

Una vez que tuvo a Emily envuelta en mantas

en el sofá, y después de darle una medicina, Kay se hizo una taza de té y evaluó la situación. Afortunadamente, había decidido cerrar la oficina esa semana, ya que siempre había menos trabajo, así que no tenía que preocuparse por esa cuestión. Tenían suficiente comida para unos cinco días, aunque tendría que hacer compra después, pero ya estaría mejor y podía llamar a Peter para que la ayudara; oh, pero no quería contagiarlo... Bueno, ya se apañaría; con aquel tremendo dolor de cabeza no podía pensar.

Recordó de repente que había quedado con Mitchell por la noche, tenía que avisarlo de que no iría. Descolgó el auricular y marcó su número. Contestó Henry, y al momento se puso Mitchell:

–Hola, Kay, Henry me ha dicho que tu madre no está bien –le dijo con su hermosa voz.

–Tiene gripe y una infección en el pecho, y ahora Emily también se ha puesto enferma. Lo siento, pero no puedo quedar esta noche –se disculpó–. Además, yo tampoco me encuentro muy bien, estaré más tranquila si me quedo en casa.

–Vaya, qué pena... Bueno, si necesitas cualquier cosa, llámame, ¿de acuerdo? –se ofreció él.

Hubo algo en su voz que casi la hizo llorar.

–Gracias –logró articular–. Estaremos bien, pero gracias.

Kay pasó aquella noche levantándose a comprobar cómo estaba Emily y ayudando a su madre a ir al servicio dos veces, pues sola no podía tenerse en pie. Por la mañana, Kay supo que se había contagiado de la gripe: le dolía la cabeza, tenía escalofríos y todo le parecía un esfuerzo monumental. No sabía cómo iba a soportar el día. Sólo esperaba que Georgia no enfermara también.

Kay pasó la mañana entre preparar infusiones, dispensar medicinas y comprobar la temperatura de Emily. La estaba volviendo a meter en la cama cuando sonó el teléfono y lo contestó Georgia. Enseguida apareció junto a Kay.

–Era Mitchell –dijo, dándose importancia–. Le he contado que todas estáis enfermas excepto yo, y ha dicho que te ayude, ¿qué hago?

Mareada, Kay se tumbó en la camita de Georgia, junto a la de Emily:

–Sé una buena chica –pidió en un susurro–, y ve a jugar con tus juguetes mientras te preparo la comida, enseguida voy.

Le pareció ver que Georgia asentía y salía correteando de la habitación, y cerró los ojos un momento, a ver si se le pasaba el mareo. Aparentemente unos segundos después, oyó voces en la planta de abajo y se dio cuenta de que se había quedado dormida. Obligó a su cuerpo dormido a obedecerla y se levantó. Terriblemente mareada, se encaminaba hacia la puerta de la habitación cuando oyó una voz grave y se sintió elevada del suelo. Se sujetó a él.

–Mitchell –murmuró–, me siento tan enferma...

Leonora llamaba desde su habitación, preguntando qué era lo que pasaba.

–No debe salir de la cama –dijo Kay desesperadamente–, puede caerse y hacerse daño.

–¡Henry, sube aquí! –gritó Mitchell.

Ella hizo una mueca y se sujetó la cabeza. Oyó que Mitchell le encargaba a Henry que fuera a la habitación de su madre y se asegurara de que todo estaba bien. Kay no sabía lo que pasaría cuando su madre viera a un extraño en su dormitorio, pero ahora que Mitchell estaba allí, haciéndose cargo de todo, se sentía tan inútil y tan exhausta, que hasta mantener los ojos abiertos era un esfuerzo enorme.

Mitchell la sujetaba contra su pecho, con su fuerza y su vitalidad desbordantes, y ella sintió que la dejaba de nuevo sobre la cama de Georgia.

–Quédate aquí tumbada y no te muevas, Kay. Voy a ver a Leonora –le ordenó y dijo a Emily, suavizando su tono de voz–. No te preocupes, pequeña, lo que pasa es que mamá está un poco enferma, igual que tú.

Kay se quedó con Emily mientras oía a Mitchell en el otro dormitorio. Al cabo de un rato, volvió a aparecer.

–Ya está todo arreglado –anunció él–, os venís a casa conmigo.

No podía haber dicho lo que creía haber escuchado, pensó ella.

–Georgia y Emily van a necesitar un par de mudas y sus pijamas, ¿dónde están sus cosas?

–Mitchell –contestó ella, medio mareada–, no voy a ir ningún sitio, ¿a qué te refieres?

–Os llevo a mi casa –no era una pregunta, sino una afirmación.

–De ninguna manera –se opuso. No estaba tan enferma–. Tengo mucho que hacer aquí antes de Navidad.

–La Navidad se muda –anunció él con impaciencia–. Y los regalos para las gemelas que tu madre y tú habíais escondido están en el maletero de mi coche, bajo una sábana. También he metido algunos de sus juguetes, para que tengan con qué entretenerse durante los próximos días. En cuanto tengamos su ropa, estaremos listos.

¿Listos? ¿Estaba loco?

–Mi madre, nuestra ropa –farfulló débilmente.

–Están en el coche, nos hemos ocupado de todo –respondió él, ligeramente irritado.

Fue al armario de las pequeñas y sacó algo de ropa interior, dos pijamas y un par de camisetas y pantalones. Luego encontró una bolsa de deporte y la usó como maleta. Kay no podía creerse que aquello estuviera sucediendo, y encima con el consentimiento de su madre.

–Voy a bajar la bolsa y ahora vengo por ti –anunció él.

–Pero... no vamos a caber en tu coche –murmuró ella.

–He venido en el Voyager –dijo él escuetamente.

Oh, vaya. No sabía que tenía una, pensó. Sólo cuando le oyó bajar las escaleras, se le ocurrió que él debía de haber planeado lo de recogerlas y llevarlas a su casa, si había ido con ese coche tan grande. No sabía muy bien qué sensación le producía aquello, pero no era el momento de analizar sus emociones, se dijo a sí misma. Con gran esfuerzo, se puso en pie y trató de controlar un cuerpo que apenas la obedecía. Estaba a medio camino en las escaleras cuando él entró en la casa y la vio.

–¿Qué diablos intentas hacer, Kay? ¿Quieres romperte el cuello? –preguntó irritado–. Deberías verte, pareces un alma en pena y aun así no cedes ni un ápice. Superwoman también se pone enferma, ¿sabes? Hasta los mejores de todas las especies se toman días libres.

–Puede ser –contestó ella mientras todo le daba vueltas–, pero si yo no cuido de Georgia y Emily y de mi madre, nadie lo hará.

–Falso –replicó mientras la levantaba en sus brazos–. Durante los próximos días estaréis todas bajo mi protección y más vale que hagas lo que se te dice.

–Te odio –dijo ella intensamente mientras se sujetaba la cabeza del dolor.

–El odio es hermano del amor –afirmó él, mirándola fijamente a los ojos.

Kay gruñó pero no fue capaz de decir nada más.

–Debo de estar loco –murmuró Mitchell divertido, mientras se encaminaba a la puerta principal–. Tendré a cuatro pelirrojas bajo mi techo durante las navidades.

Y tuvo el descaro de echarse a reír mientras salía al frío, cerraba la puerta de la vivienda y se dirigía al elegante vehículo aparcado en la puerta, en el que esperaban Leonora y las gemelas abrigadas como esquimales.

Los siguientes dos días, Kay los pasó durmiendo la mayor parte del tiempo, y se quedó un poco más tranquila cuando Emily pasó lo peor de la gripe.

Mitchell insistió en llamar a su propio médico para examinarlas, pero sólo confirmó lo que había dicho su colega y les aconsejó lo mismo: descanso, limón caliente y paracetamol.

La tarde de Nochebuena comenzó a nevar, y por primera vez desde que se había contagiado de la gripe, Kay sintió que lo peor había pasado. Estaba tumbada en la cama y oía voces en la planta de abajo. Sonrió al distinguir la risa de sus pequeñas; gracias a Dios estaban bien. Y Henry le había informado de que su madre también estaba mejor.

No quería perderse el pasar la Nochebuena con sus hijas, así que se obligó a ponerse en pie, se adecentó, parando cada poco, pues estaba muy débil, y por fin estuvo lista para bajar.

Cuando llegó a la planta baja, siguió la risa de las niñas. La casa estaba decorada con elegancia y resultaba muy acogedora, pero la mayor sorpresa se la llevó al abrir la puerta del salón. La habitación había sido convertida en un festival de brillos y adornos por todas partes, pero fue el enorme árbol de dos metros y medio lo que más llamó su atención. Reinaba en la habitación con todo su esplendor, decorado profusamente, y acogía a sus pies un buen montón de paquetes.

Emily descansaba en uno de los sofás junto al fuego y construía una guirnalda de papel con Henry; Leonora estaba en otro sofá, aún con el camisón y envuelta en una manta; y Mitchell y Georgia estaban en el suelo envolviendo un regalo. Era una escena encantadora, muy hogareña. Se notaba que todos estaban a gusto, y a Kay se le congeló el corazón: ella no estaba incluida, miraba la escena desde fuera. Puede que fuera ridículo, pero se sentía así.

Entonces, Emily levantó la vista y la vio, y dio tal grito de alegría, que hizo que todos dejaran sus actividades y miraran a la puerta. Al momento siguiente, Georgia corrió junto a Kay, la tomó de la mano y la llevó a sentarse junto a Emily, mientras las dos hablaban sin parar.

–¿Te gusta el árbol, mami? Lo hemos hecho para darte una sorpresa.

–Y hay regalos para ti y para la abuela, pero no podemos decirte qué son.

–Los nuestros los tiene Santa Claus, y el tío Mitch le ha escrito para que nos los traiga aquí.

Al oír aquel «tío Mitch» se quedó helada. Aquello era exactamente lo que ella tanto había temido, la razón por la que no quería salir con hombres mientras las niñas fueran pequeñas, la razón por la que había dudado tanto con Mitchell Grey. No quería que las gemelas se acostumbraran a tener «tíos», porque se encariñaban con ellos y luego ellos desaparecían. Si no habían sido importantes para su propio padre, menos lo serían para un desconocido. Y Mitchell había dejado claras sus ideas al respecto.

Había sido una tonta al creer que podría mantener ambas vidas separadas, por un lado su «amistad» con Mitchell y por otro su responsabilidad como madre de sus hijas, y todo hubiera ido bien si no hubiera enfermado.

Se obligó a sonreír, puso a Emily en su regazo y abrazó a Georgia. «Actúa, no les arruines la Navidad», se ordenó a sí misma.

–Es absolutamente precioso, tesoros. Seguro que habéis estado muy ocupadas. Me gusta mucho.

Las niñas sonrieron y siguieron hablando animadamente mientras Kay paseaba la vista por la habitación hasta encontrarse con los ojos de Mitchell. La miraba fijamente, como si pudiera leer su mente. Sabía que debería decirle algo, pero su mente sólo registraba lo atractivo que era. Llevaba una camisa fina y unos vaqueros, estaba descalzo y tenía el pelo despeinado. Era la primera vez que lo veía así; aquél era otro Mitchell, otra faceta de su compleja persona, y fue ese aspecto desenfadado y natural el que más la perturbó. Era el más humano, el más cercano que conocía de él, y era una ilusión.

–Hola, cariño, ¿qué tal estás? –preguntó Leonora–. Fuimos a buscarte antes de bajar yo, pero estabas profundamente dormida. También es mi primer día levantada, ¿sabes? –dijo, señalando la habitación–. Todo esto ya estaba cuando yo he llegado.

–Las niñas necesitaban estar ocupadas para no echar de menos a su madre –apuntó Mitchell suavemente, dirigiéndose a Leonora pero con los ojos fijos en Kay.

Ella se armó de valor para soportar su mirada.

–Has sido muy amable con nosotras, muchas gracias –dijo fríamente–. Siento los problemas que te estamos creando.

–No es ningún problema. Para eso están los amigos –afirmó él.

Kay sintió que las mejillas se le encendían. Realmente antes le había leído el pensamiento.

–Y además, nos ha dado la oportunidad a Henry y a mí de volver a comportarnos como niños, ¿verdad, Henry? Incluso, si nieva lo suficiente, pensamos construir un muñeco mañana.

–Yo nunca he construido un muñeco de nieve – dijo Georgia mientras corría junto a Mitchell–. El año pasado nevó tan poco, que se derritió todo.

–Qué pena –contestó él, pasándole la mano por los rizos–. Mira, voy a pedirle a Santa Claus que traiga suficiente nieve para poder construir un enorme muñeco, ¿qué te parece?

–Yo también quiero construir el muñeco –se unió Emily.

–Emily podrá salir bien abrigada en un par de días –afirmó él–. Hacer un muñeco de nieve es una tarea de equipo, así que esperaremos, ¿de acuerdo?

Georgia asintió encantada y Kay se lamentó. Mitchell se había convertido en el héroe de las pequeñas.

–Y ahora, resulta que hay dos regalos de Navidad anticipados en el árbol para dos niñas que yo me sé –dijo él sonriendo–. A ver si los encontráis. No están debajo, sino colgados.

Hallaron los paquetes sin dificultad. Contenían dos preciosas muñecas de pelo largo lujosamente vestidas, una en oro y la otra en plata, y con multitud de accesorios.

Kay observó a las niñas mientras se acercaban a Mitchell para darle las gracias y, cuando él les dijo que eran regalo también de Henry, fueron hasta él y también lo abrazaron. Luego se sentaron en la alfombra y se pusieron a jugar con las muñecas.

–Son dos niñas estupendas, Kay –comentó Mitchell–. Estás logrando que crezcan felices.

Henry estaba sentado junto a Leonora, y Mitchell se sentó junto a Kay.

–Gracias –respondió ella, algo tensa.

Se había sentado cerca pero no demasiado. Aun así, cada nervio de su cuerpo vibraba y no podía despegar los ojos de él.

–Me sorprende lo débil que me siento –confesó ella.

–Nos has comido nada más que papillas las últimas veinticuatro horas. En la noticias han hablado de la repercusión que está teniendo esta gripe entre los más jóvenes y los mayores, está todo el mundo enfermo.

–Parece que Georgia aún está bien –dijo ella, mirando a las niñas–. Desde que eran bebés, parece que los virus la evitan, mientras que Emily se contagia de todo lo posible.

–Debe de haber sido duro ser madre soltera, sobre todo cuando nacieron.

–A veces –contestó ella, y continuó un poco a la defensiva–. Pero compensan todas las dificultades, y siempre han sido unas niñas felices.

–No era una crítica –comentó él suavemente–. Se ve lo buena madre que has sido y eres.

–Perry habría sido un padre terrible. Sólo pensaba en sí mismo, y les habría hecho sufrir. Ni siquiera ha intentado verlas nunca.

–Kay, creo que hiciste lo mejor al echarlo. ¿Hubo alguien que te aconsejara seguir con él por el bien de las niñas?

–Algunas personas.

Y eso le había dolido profundamente, aunque sabía que hablaban sin conocer la realidad.

–Los tontos son los primeros en opinar –continuó Mitchell, con su voz teñida de ira–. Yo crecí en una casa que durante mucho tiempo fue un campo de batalla. Créeme, las gemelas son muy afortunadas. Tienes dos hijas equilibradas y felices, son la mejor prueba de que hiciste lo correcto. Nunca dudes de eso, ni por un segundo.

Era gracioso, pensó Kay, pero nunca se hubiera imaginado que él la entendería y la consolaría tan acertadamente. Nunca había hablado con nadie de cómo se había sentido al respecto, ni siquiera con su madre, pero él parecía haber adivinado sus dudas y sus temores.

–Mejor no tener padre que tener uno que convirtiera su vida en un infierno, Kay –le dijo, tomando su mano temblorosa entre las suyas.

Ella aprovechó la atmósfera de tranquilidad para preguntar:

–Te ha afectado profundamente la forma de ser de tu padre, ¿no?

Vio que apretaba la mandíbula y creyó que iba a escaparse de nuevo, pero en vez de eso le agarró más fuertemente la mano.

–Mi madre era la adúltera –dijo sin expresión en su voz–. Se iba con cualquier hombre en cualquier momento, pero antes de eso yo ya sabía que no quería a mi padre, ni a mi hermana ni a mí. Creo que no era capaz de amar.

–¿Tú sabías que tenía aventuras, aunque eras un niño? –preguntó en un susurro.

–Creo que siempre lo supe –respondió él amargamente–. Ellos discutían... no, eso es muy suave, se peleaban, a veces. Ella se lanzaba contra él y él trataba de sujetarla, pero ella siempre forzaba las cosas. Una vez ella, le rompió un brazo, yo tenía nueve años. Mi padre aseguró que la iba a dejar, pero no lo hizo. Y nunca lo he entendido, porque no creo que siguiera amándola.

–Oh, Mitchell.

El dolor la inundó. Dolor por él en aquel momento, y por el niño que había sido. Y por la hermana que también se vio envuelta en aquella locura.

–¿Y tu hermana? ¿Era menor que tú?

Él asintió.

–Yo intentaba cuidarla todo lo que podía. Era una niña dulce, tímida, y temía a nuestra madre. Un día volví del colegio más tarde de lo normal. Repartía periódicos; creía que así ganaría suficiente dinero para llevarme a Kathleen, mi hermana, a otro lugar. Se me pinchó una rueda de la bicicleta y, cuando llegué a casa, no había nadie. Los vecinos me contaron que mi padre se había enterado de que mi madre tenía una aventura con uno de sus compañeros de trabajo. Cuando volvió a casa, metió a mi madre en el coche para ir a enfrentarse con él delante de su familia. No sé por qué se llevó también a Kathleen, si fue para dar pena o por no dejarla sola en casa. En el camino chocaron contra un camión. Fin de la historia.

Kay puso su mano sobre la de él y le acarició.

–No fue culpa tuya, Mitchell.

–Yo era todo lo que Kathleen tenía, ella confiaba en mí. Debería haber estado allí, no habría permitido que se la llevara –dijo con crudeza.

–O tal vez tu padre te hubiera llevado a ti también y se habrían perdido cuatro vidas.

–Durante mucho tiempo, deseé que hubiera sido así –le confesó, clavando sus ojos en ella–. Era un jovencito furioso, Kay. Furioso, amargado e imprudente. Hice algunas cosas de las que no estoy orgulloso y fue más por suerte que por justicia por lo que no acabé en la cárcel. Un día, echando carreras en moto con unos amigos, uno de ellos se mató delante de mis ojos. Eso me hizo recapacitar; me di cuenta de que, en el fondo, yo quería seguir viviendo.

–Me alegro de que lo hicieras –afirmó ella suavemente.

No había tenido intención de decirlo como sonó, con ternura. La asustaba la urgencia que sentía de consolarlo, de borrar el dolor de sus ojos y besar sus labios hasta que se relajara. Le vino a la cabeza su pacto de ser amigos. Los sentimientos que tenía hacia Mitchell no eran de amistad, nunca lo habían sido, y no se parecían en nada al encaprichamiento y amor infantil que la habían llevado a casarse con Perry.

El CD de villancicos que había estado sonando se terminó, y Mitchell se puso en pie y se dirigió a Emily y Georgia.

–Van a echan en la tele unos dibujos animados sobre Santa Claus. ¿Queréis verlos, niñas?

Kay lo observó mientras encendía el televisor. ¿Eran imaginaciones suyas, o aquello era una retirada? ¿Sentiría que había desvelado demasiado de sí? Kay se recostó en el sofá y observó a Mitchell, que envolvió de nuevo a Emily en su manta y se sentó con Georgia en el suelo. Por alguna razón, a ella le resultó una acción tan conmovedora, que casi se echó a llorar.

El resto de la tarde transcurrió tranquilamente. Las gemelas estaban tan excitadas que, en vez de seguir su horario habitual, cenaron con los mayores. Al llegar a los postres se caían de sueño, y cuando Mitchell tomó a cada una en un brazo, Kay subió con él para arroparlas. Era consciente de que era un momento muy íntimo, pero había sucedido así.

Acostaron a las niñas y Kay se quedó contemplándolas un rato.

–Las quieres mucho, ¿verdad? –susurró Mitchell.

–Son mi vida –respondió con sencillez.

–Lo sé.

Se acercó a ella y levantó su cara para que lo mirara.

–Creí que sería muy fácil salir contigo –murmuró–, pero no es así, y lo sabes. Te deseo, te necesito.

La sacó de la habitación mientras hablaba, cerró la puerta cuidadosamente y la tomó en sus brazos en la penumbra del rellano. No necesitaba decir nada. El deseo le inundaba los ojos y su boca hambrienta buscó la de ella. Kay se apretó contra él y respondió a su beso mientras su cuerpo se derretía de placer. Entonces, Mitchell rodeó uno de sus pechos con su mano y comenzó a acariciar sabiamente su pezón hasta que la hizo gemir.

Algo había cambiado, se dijo Kay. Él había bajado la barrera de autocontrol que había mantenido hasta entonces. Aquella acción era tan deliberada como poderosa. Mitchell pretendía que fuera consciente de que ella también lo deseaba a él. Pero ella lo sabía desde mucho antes...

Estaba completamente en sus manos, experimentando sensaciones increíbles desconocidas hasta entonces. Quería fundirse con él mientras alimentaba su pasión con la que él le brindaba.

Aquello no tenía nada que ver con lo que hacía Perry, pensó. ¿Cómo sería ser amada por Mitchell? Pasar con él toda una noche, explorando, acariciando, besando su hermoso cuerpo y dejándole hacer lo mismo con el suyo. Porque él lo haría, querría hacerlo. Mitchell no era de los de un apareamiento rápido.

Él la apoyó contra la pared y la volvió a besar, y ella pudo sentir su excitada rigidez. Le gustó sentir cuánto la deseaba, le hacía sentir la potencia de su feminidad como nunca antes.

Se oyeron voces en la planta baja y llegó hasta ellos el aroma de café. Kay sintió que Mitchell se apartaba de ella con un gruñido, respirando excitado aún.

–Tenemos que bajar –murmuró con voz ronca–, desafortunadamente.

Ella asintió. Intentaba que su respiración volviera a su ritmo normal; le ardían las mejillas y le temblaban las manos ante el deseo que él había liberado en ella. No sabía que fuera capaz de experimentar esas sensaciones, y ahora que él la había soltado, estaba como desorientada.

Se tambaleó ligeramente y él acudió a sujetarla.

–Maldita sea, he olvidado que aún estás enferma –se lamentó–. Sólo has estado levantada cinco minutos y casi te como viva. No puedo quitarte las manos de encima, eres tan atractiva, tan tentadora...

–¿Yo? –interrumpió ella, incrédula–. Pero si yo no soy una de tus mujeres esculturales, Mitchell.

Él se apartó y la observó con ojos brillantes.

–Para empezar, no tengo ningún harén de mujeres esculturales, Kay –le contestó, levemente irónico–. Dos: sé lo que veo, veo a una preciosa mujer que aún tiene que descubrir el poder de su encanto. Y tres: nunca digo algo que no quiera decir.

Se acercó de nuevo a ella y acarició su mejilla delicadamente.

–Tienes un pelo que parece de fuego cuando le da la luz, unos ojos castaños que acarician como si fueran de terciopelo y una piel tan fina que parece porcelana. ¿Es que no lo ves, Kay?

¿Por qué estaba diciendo todo aquello? Él había dicho abiertamente que no quería compromisos ni una relación larga. Tal vez si ella no tuviera hijas todo fuera diferente, tal vez entonces pudiera arriesgarse y entregarse a él, esperando que un día él llegara a amarla.

Pero tenía a las gemelas. No podía jugar con su seguridad ni su estabilidad, y tampoco quería arriesgarse a un suicidio emocional. Y dijera él lo que dijera, no terminaba de creerse que un hombre como él, que podía tener a la mujer que quisiera, se interesara en ella durante mucho tiempo. Ella era tan normal, mientras que él era... perfecto.

Después de que Perry le hiciera daño, había salido adelante. Pero si Mitchell la traicionaba, si se entregaba a él y luego él se cansaba de ella...

Apartó sus ojos de la mirada de él y se encogió de hombros.

–La belleza está en los ojos del que mira, ¿no es eso lo que dicen? ¿Y no deberíamos bajar?

–Claro –respondió él, sin hacer ademán de tocarla–. Pero debes saber que nunca me rindo, Kay. Siempre obtengo lo que quiero.

Kay se sintió más vulnerable que nunca en su vida, pero no iba a mostrárselo a él.

–¿Y obtiene siempre lo que se merece, señor Grey? –preguntó mientras bajaba las escaleras.

Le oyó reír detrás de ella.

–*Touché*, señora Sherwood –contestó alegremente.

Aquello no era más que un juego para él, pensó Kay. Menos mal que no se había dejado llevar por el impulso de arrojarse a sus brazos y confesarle que sería suya hasta que él quisiera.

Conforme entraban en el salón, se sintió repentinamente agotada.

–Cariño, estás muy pálida. Has hecho demasiado en tu primer día levantada –comentó Leonora.

–Me voy a ir a dormir si me disculpáis –dijo, dirigiéndose a los tres–. Buenas noches y feliz Navidad.

–Te ayudaré a subir las escaleras, no queremos que te caigas, ¿verdad? –se ofreció Mitchell–. Estaré de vuelta en un segundo, y tomaré café solo con un poco de coñac, Henry.

–Puedo apañármelas sola, gracias –murmuró Kay, al pie de las escaleras–. Vuelve y tómate tu café.

–Eres muy mandona, ¿eh? –dijo sonriendo–. Tu madre tiene razón, te has esforzado demasiado hoy. Tendré que vigilar eso en el futuro. Y ahora, vamos.

Y diciendo eso, la tomó en brazos.

–Déjame en el suelo, Mitchell, puedo andar –protestó.

–Lo sé, pero así es más agradable –concluyó él, dándole un beso que la dejó sin aliento.

Era demasiado fuerte para enfrentarse a él, demasiado poderoso. Kay se acomodó contra su pecho firme, deseando que aquello durara eternamente.

Llegaron frente a su puerta y Mitchell la depositó en el suelo, cuidadosamente.

–Me imagino que quieres que te deje aquí.

No, deseaba que entrara.

–Sí, por favor. Mitchell, ¿cómo hacemos para los regalos de las niñas?

–No te preocupes, Henry y yo nos hemos ocupado de todo y los dejaremos bajo el árbol antes de irnos a dormir. Leonora me ha comentado algo de dejar un vaso de leche y galletas, ya nos encargaremos de que parezca que Santa Claus ha estado aquí esta noche.

–Gracias.

–Ha sido un placer –respondió suavemente–, y además divertido.

–¿Consideras divertido dejar que unas enfermas invadan tu casa y lo trastoquen todo?

Se inclinó para besarla, tierna y dulcemente, sin que su cuerpo rozara el de ella, salvo su boca.

–Tú estás aquí –respondió con voz ronca mientras se incorporaba–. Eso lo hace divertido.

–Buenas noches, Mitchell. Feliz Navidad –susurró mientras abría la puerta de su dormitorio.

Al entrar, cerró la puerta y se apoyó contra ella, con el corazón acelerado y las piernas temblando.

Nochebuena era un día mágico.

Aunque estaba agotada, logró despegarse de la puerta y caminó hasta la ventana, contempló el jardín cubierto de nieve un par de minutos y luego cerró las cortinas.

No era bueno desear la luna.

Capítulo 7

PASABAN las siete de la mañana cuando la puerta del dormitorio de Kay se abrió y entraron Georgia y Emily en pijama.

–¡Mamá, es Navidad! –gritaron al unísono.

–Hoy ha nacido el niño Jesús –añadió Emily.

Georgia era más práctica:

–¿Ha venido Santa Claus? ¿Nos ha dejado regalos?

–No lo sé, tesoros –respondió mientras terminaba de despertarse–. ¿Qué tal si vamos a ver qué hay bajo cl árbol?

–Qué buena idea –dijo una voz aterciopelada.

Kay y las niñas se giraron: Mitchell estaba apoyado en el quicio de la puerta, con el pelo alborotado y la cara sin afeitar, y a Kay le dio un vuelco el corazón. Iba vestido con una bata de seda negra y un pijama a juego, y estaba más sexy de lo que cualquier hombre podía permitirse nada más levantarse.

–Me imagino que la abuela querrá unirse a la actividad, ¿no? –le preguntó a Kay.

Ella asintió.

–Id a por ella, niñas, pero con calma, ¿de acuerdo? Despertadla suavemente –dijo él.

Las gemelas salieron correteando y, conforme pasaban a su lado, les despeinó los rizos. Luego, para horror de Kay, que se había cubierto con el edredón, se acercó a la cama.

–¿Se puede saber qué estás haciendo? –murmuró horrorizada.

–Darte los buenos días –respondió él mientras se inclinaba sobre ella y la besaba.

–No deberías estar aquí.

Ni siquiera se había lavado los dientes, y las gemelas y su madre estaban en la habitación de al lado...

–No es la primera vez que te veo en la cama. Has estado así tres días –dijo él.

–Pero estaba enferma –contestó ella.

–Voy a tener que trabajar esas inhibiciones tuyas –bromeó él.

Le dio un beso rápido en la nariz y se encaminó a la puerta mientras decía:

–Eras más divertida cuando estabas enferma, hablando en sueños y dando vueltas en la cama, algunas veces de forma deliciosa, debo decir. ¿Llevas ese camisón de tirantes muy finos que es casi transparente?

–¡Serás mirón!

Se estaba poniendo colorada, y eso la enfurecía.

–¿Qué podía hacer si no parabas de apartar las sábanas? –protestó inocentemente.

–Tú... Tú...

–Ponte una bata y adecéntate un poco, mujer. Hay niñas delante. Y será mejor que te des prisa

–añadió–. Georgia y Emily están deseando bajar a ver los regalos.

Por fin lograron juntarse todos, y entraron a la vez en el salón. En cuanto las gemelas terminaron de abrir los regalos, Mitchell le hizo una seña a Henry y éste abandonó la sala y volvió al poco con un enorme paquete envuelto en papel brillante.

–Éste es de parte de Henry y mía, niñas –dijo Mitchell suavemente–. Feliz Navidad.

Era una casa de muñecas, amueblada y llena de accesorios y con una familia de muñecos, incluido un bebé en una cuna. Las gemelas la contemplaron extasiadas.

Los adultos intercambiaron regalos, y Kay agradeció el haber comprado algo para Mitchell y un detalle para Henry antes de caer enferma. De todas formas, el conjunto de guantes de cuero para conducir y bufanda de cachemira, que Mitchell parecía haber recibido con agrado, no eran nada comparado con le reloj de oro blanco y diamantes con que él la había obsequiado.

–Mitchell, es precioso... –murmuró encantada, mientras él se lo ponía–. Pero mi regalo no es ni de lejos tan bonito.

Él la hizo callar poniendo un dedo sobre la boca de ella.

–Necesitaba unos guantes nuevos, y la bufanda es perfecta –contestó–. Tú necesitabas un reloj, me he dado cuenta de que el que tienes ahora se para o da la hora incorrecta.

Lo había comprado hacía un año en un mercadillo, era todo lo que podía permitirse entonces, con las gemelas necesitando zapatos nuevos y un abrigo cada una. Kay lo miro con los ojos como platos.

–Gracias –dijo, temblorosa, preguntándose por qué tenía ganas de llorar.

–¿Té, tostadas y cruasanes para todo el mundo? –preguntó Henry, volviendo a su papel de cocinero–. No voy a preparar un desayuno muy completo porque quiero que hagáis justicia al banquete de Navidad, que se servirá puntual a la una del mediodía. Y cuidado con aquella persona que diga que no tiene hambre –advirtió.

–¿Puedo ayudarte? –se ofreció Leonora.

–Su ayuda sería muy bienvenida, gracias –le respondió Henry, a la antigua.

Kay observó que Mitchell miraba atónito a su amigo. Esperó a que salieran para preguntar:

–¿Qué pasa? ¿Por qué te has quedado mirándolo así?

Él sonrió, con una curiosa sonrisa de satisfacción.

–Porque, desde que conozco a Henry, nunca ha permitido que nadie pisara su cocina –explicó.

–¿Estás diciendo...? –preguntó ella, mientras iba asimilando lo que acababa de oír.

–Creo que a Henry le gusta tu madre –afirmó él–. ¿Te importa?

¿Debería importarle? Complicaría un poco las cosas, cuando Mitchell y ella dejaran de verse, pero si su madre sentía algo por Henry, y sus sentimientos eran correspondidos, era maravilloso.

Además eso le daría a Leonora una motivación más allá de su familia.

–No me importa en absoluto –respondió.

Volvió a nevar mientras desayunaban y aún tenían pendiente la construcción del muñeco de nieve, pero cuando Kay dijo que prefería esperar un día más a que Emily se recuperara del todo, las gemelas no se quejaron, deseosas de jugar con los nuevos juguetes. Así que la mañana se pasó observando jugar a las niñas cerca del fuego, mientras escuchaban villancicos, y hablando de todo un poco mientras el pavo se iba cocinando.

Después de que Henry les sirviera un breve tentempié a media mañana, Kay se recostó en el sofá junto a Mitchell y cerró los ojos. Un rato después, se despertó con la sensación de que se había quedado dormida. Su cabeza reposaba sobre el pecho de Mitchell y éste la rodeaba con el brazo.

Kay se estiró y, al levantar la cabeza cuidadosamente, se encontró con unos brillantes ojos azules.

–No eres la única que se ha echado una siesta –la tranquilizó.

Señaló con la cabeza a Leonora, que dormía tumbada en otro sofá.

–Os hará bien. Todavía no tenéis buen aspecto –añadió.

–¿Dónde están las niñas?

–Ayudando a Henry a hacer galletas para la hora del té. Cuando él era pequeño siempre comía esas galletas la tarde de Navidad, y como estas fiestas se han convertido en algo tan familiar... –dijo, encogiéndose de hombros.

Kay detectó una inflexión en su voz que no supo interpretar. ¿Le importaría pasar así las navidades? Un hombre como él seguro que tenía otros planes.

Mitchell se inclinó y le despeinó los rizos con la barbilla.

–Hueles maravillosamente. ¿Qué te has echado?

–Polvos de talco de las niñas.

–¿Polvos de talco? –preguntó incrédulo–. Me tomas el pelo.

Ella negó con la cabeza.

–Cuando viniste a por nosotras, no tenía cabeza para preocuparme de perfumes o cosméticos –le explicó–. Las gemelas tienen colonia y polvos de talco en su bolsa de aseo, y eso estoy usando.

Él agitó la cabeza, con los ojos brillantes destilando buen humor.

–¿Me estás diciendo que, después de gastarme una fortuna durante toda mi vida regalando perfumes caros, habría quedado mucho mejor con polvos de talco infantiles?

Ella se le quedó mirando. Seguro que no lo había hecho intencionadamente, pero sus palabras le recordaron que Mitchell era del tipo «ámalas y dejálas». Respiró hondo.

–No creo que el tipo de mujeres con las que sales apreciaran ese regalo, Mitchell –dijo secamente–. Yo soy madre, ese olor me ha rodeado durante años.

Él había dejado de sonreír.

–¿Y qué quieres decir con eso?

–No quiero decir nada –respondió cuidadosamente–, excepto que ellas están acostumbradas a Chanel y Gucci, y yo estoy acostumbrada a polvos de talco infantiles. Ellas van y vienen cuando quieren y yo dependo de las niñas. Son dos mundos muy distintos.

Los dos sabían a qué se estaba refiriendo.

–¿Se puede hacer algo para acercarlos? –preguntó él quedamente.

Claro que sí. Si lograba siquiera vislumbrar la posibilidad de que él podía ofrecerle algo más que un breve romance, ella misma se encargaría de acercar ambos mundos.

–Supongo que sí –respondió–. Mi vida gira en torno a mis pequeñas, pero no lo cambio por nada. Todos los Chanel y Gucci del mundo no pueden ni compararse a la sonrisa de mis niñas. Los diamantes de Cartier no son nada al lado de una pulsera de plástico barato que me regalaron, como si fuera un tesoro.

–Puedo entenderlo –interrumpió él.

–Es difícil entenderlo cuando no se tienen hijos. Ellas me dan su amor y su confianza incondicional y yo tengo que hacer todo lo posible para que su mundo sea estable. Ellas no entienden de relaciones temporales, de encariñarse con alguien y que se vaya, y no quiero que lo hagan, aún no. Ya tendrán ocasión cuando crezcan y vivan su vida. Entonces experimentarán el rechazo y la pérdida. Cometerán errores, eso es la vida. Pero no quiero que sufran más por mis errores, ya están pagándolos al crecer sin un padre.

El silencio inundó la habitación. Ella no había tenido intención de decir la última parte. De hecho, ni siquiera sabía que la tenía ahí escondida. Pero era cierto: había cometido un error al casarse con Perry, y sus hijas estaban pagando ese error.

–No puedes culparte de que Perry se comportara como lo hizo, Kay –dijo, Mitchell–. No puedes garantizar nada en la vida.

Leonora empezaba a despertar.

–Eso ya lo sé –apuntó Kay, en voz baja.

–Dudo de que lo sepas.

–¿Podemos seguir hablando en otro momento?

Mitchell asintió y elevó la barbilla.

–Me parece que tenemos muchas cosas de que hablar. Ese muro que has construido para repeler a los intrusos aún sigue en pie, ¿verdad?

Ella se le quedó mirando.

–Fuiste tú quien dijo que éramos muy parecidos –le recordó–. Tú también has construido tu muro, Mitchell.

No pudieron decir nada más, las gemelas entraron correteando, orgullosas de su actividad en la cocina, y despertaron a Leonora. Pero durante la deliciosa comida de Navidad y a lo largo de la tarde, Kay no dejó de pensar en lo que había dicho hasta que la cabeza parecía que le iba a estallar. ¿Había hablado demasiado? Seguramente, pero ya era demasiado tarde para lamentarse.

Tomaron las galletas con el té de las cinco, y a las seis las gemelas, agotadas, se fueron a la cama.

–¿Dónde está el tío Mitchell? –preguntó Georgia soñolienta a Kay– ¿No va a darnos un beso de buenas noches?

–Hoy no, cariño, está hablando con la abuela y con Henry.

Kay había anunciado, antes de abandonar el salón, que ella acostaría a las niñas. Mitchell se había quedado mirándola, pero no había dicho nada ni intentado acompañarla.

Sólo habían pasado unos días, pero Georgia y Emily se habían encariñado demasiado con Mitchell, pensó, mientras descendía las escaleras para unirse a los demás. Le correspondía a ella echar el freno. Las cosas no podían seguir así. Ellos no podían seguir así.

Kay se mordió el labio inferior. Mitchell había sido muy amable con ellas, y ella realmente lo apreciaba, pero eso no cambiaba la situación. Empezar a salir con él había sido una locura, y ahora se le había ido de las manos. En el fondo, él quería meterla en su cama sin ningún otro compromiso. Ella lo sabía desde el principio, así que sólo era culpa suya. Él había sido sincero.

Conforme se acercaba al salón, oyó reír a su madre con una risa cálida y despreocupada. Kay se paró, con el corazón golpeándole en el pecho. La última vez que había oído esa risa era cuando su padre aún estaba vivo. Y Leonora lo amaba.

Ahora su madre se estaba riendo con Henry. ¿Significaría eso que...? Pero si sólo hacía unos días que se conocían ... Sería mejor que no sacara conclusiones de una simple risa, pensó. Le gustaba Henry y le agradaba la idea de que tuviera algo con su madre, pero el tiempo lo diría.

Kay necesitó unos momentos para recomponerse antes de unirse a los demás. ¿Por qué la vida era tan complicada y tan impredecible?, se preguntó, mientras forzaba una sonrisa y entraba en el salón. Y entonces se encontró con la perturbadora mirada de Mitchell, y obtuvo su respuesta.

Capítulo 8

CON su madre y Henry presentes, a Kay no le fue difícil interpretar su papel el resto de la noche. Mencionó, casualmente, que las gemelas tenían una invitación para celebrar el cumpleaños de una amiga en unos días, por lo que era mejor que volvieran a casa cuanto antes. Estaban muy agradecidas por la generosidad de Mitchell, enfatizó ella calculadamente, pero no querían seguir incomodándolo, ahora que se habían repuesto y todo volvía a la normalidad.

Mitchell había sonreído, pero sus rasgos se habían endurecido tanto como su mirada, y ella prefirió evitar su mirada el resto de la noche.

A las once, cuando su madre anunció que iba a acostarse, Kay se unió a ella. Acababan de subir las escaleras cuando Leonora se giró hacia ella.

–Muy bien, ¿cuál es el problema? –le preguntó–. ¿Habéis discutido a algo así?

–Más bien «algo así».

–¿Por qué? –susurró Leonora–. Hemos estado juntos todo el día, ¿cuándo habéis discutido?

–No hemos discutido, es sólo...

No sabía cómo explicarlo, pero sabía que, dijera lo que dijera, su madre se pondría del lado de él.

–Mitchell no busca una relación –explicó en voz baja–, y no quiero que las gemelas se confundan y sufran cuando él desaparezca de mi vida. Le están tomando demasiado cariño.

–¿Quién ha dicho que va a desaparecer de tu vida? –preguntó su madre.

–Yo. Él. Oh... –se detuvo y lanzó una mirada irritada a su madre–. Ha dejado claro que sus intenciones son estrictamente deshonrosas, ¿de acuerdo? Unas semanas o meses de diversión y cama, y luego adiós sin ningún remordimiento. Así es como él funciona. Me lo avisó cuando empezamos a vernos, por si quieres saberlo.

–¿Y aun así aceptaste salir con él? –preguntó Leonora sin ninguna expresión.

–No exactamente. Él no acepta un «no» por respuesta, así que insistió en que saliéramos sólo como amigos. Yo le dije que era una locura, pero...

–¿Te acuestas con él?

No era propio de Leonora preguntar algo tan personal. Kay se la quedó mirando estupefacta.

–No, no me acuesto con él.

–Pero te gustaría –afirmó Leonora.

–¡Mamá!

–Es un deseo perfectamente natural, Kay, y tú ya eres una mujer adulta –dijo mientras la tomaba del brazo–. Entra en mi cuarto un momento, cielo. Quiero hablar contigo tranquilamente.

Kay dudó unos instantes. Estaba agotada por todas las emociones del día y lo que menos le apetecía era hablar de Mitchell con su fan número uno. Pero aceptó.

Una vez en la habitación, se sentó en una de las sillas junto a la ventana.

–¿Y bien?

Sabía que su tono no era muy invitador, y esperaba que su madre captara la indirecta.

Leonora se sentó en una silla frente a ella, y comenzó.

–Desde fuera, así es como lo veo. Os conocéis, él va detrás de ti, incluso después de descubrir que tienes una familia. Te deja claro que te desea y, como tú dices que así no quieres seguir viéndolo, te ofrece que seáis sólo amigos –se detuvo y arqueó las cejas–. Una amistad difícil de definir, estoy segura, pero él no presiona para lograr su objetivo, ¿verdad?

Kay asintió. No necesitaba aquello. De veras no lo necesitaba.

–Tú caes enferma y él nos traslada a todas a su casa a pasar las navidades, y además hace un grandísimo esfuerzo para que las niñas tengan las mejores fiestas, dadas las circunstancias. ¿Sigo bien?

Su madre podía ser la persona más irritante del planeta cuando se lo proponía.

–¿Adónde quieres llegar?

–Quiero llegar a que, fuera lo que fuera lo que te dijo al principio, creo que es un hombre diferente a lo que tú piensas.

–Oh, madre, por favor –se quejó Kay, cerrando los ojos–. A veces me enferma esa cualidad que tienes de ver siempre el lado bueno de la gente que te cae bien. Sé que lo haces con la mejor intención, pero creo que conozco a Mitchell mejor que tú.

–¿Te ha contado Henry cómo terminó trabajando para él?

–No. Se lo pregunté a Mitchell, pero dijo que le correspondía a Henry contármela, si él quería.

–Bueno, Henry me lo ha contado a mí, y estoy segura de que no le importará que tú lo sepas.

Ella no estaba tan segura, pero su madre era imparable, y además, sentía curiosidad.

–Henry era uno de los chefs mejor pagados del país –comenzó Leonora.

Lo dijo con tal orgullo, que Kay volvió a pensar que le gustaba aquel hombre.

–Había trabajado en Italia, Francia, en todo el mundo y, como seguía soltero, llevaba una vida desenfrenada: fiestas, mujeres... Hace doce años, lo llamó una de sus antiguas novias. Había tenido un hijo, y él era el padre. Nunca se lo había dicho, había sido una relación efímera. Ella había podido criarlo sola y no había creído necesario informarle de que era padre, porque no necesitaba nada de él.

Leonora resopló, y Kay entendió que no le parecía bien la decisión de la chica.

–Sólo había una cosa que sí necesitaba –continuó–, algo que sólo él podía darle. El niño estaba muy enfermo y necesitaba un trasplante de médula, pero nadie en su entorno era apropiado. Henry se ofreció a ayudar y conoció al niño, a su hijo. Era un chico estupendo, de ocho años, y se parecía a él. Henry era el donante idóneo, pero antes de que pudieran hacer la operación, el niño murió.

Kay estaba horrorizada. Se imaginaba cómo se habría sentido.

–Eso lo destrozó, Kay –comentó Leonora, con lágrimas en los ojos–. Volvió a Inglaterra, pero era como si la vida no tuviera sentido. Comenzó a beber, a faltar al trabajo, hasta que lo perdió. Lo intentó unas veces más, hasta que no fue capaz de mantener ningún empleo. Los que antes se llamaban sus amigos se desentendieron de él. Había llegado a lo más hondo del pozo cuando, un día, Mitchell se lo encontró y lo reconoció como el chef que una vez había conocido. Lo sacó de las cloacas, literalmente, y lo metió en su casa.

Kay se había incorporado en el asiento, sin respirar apenas, conmovida por la historia.

–Henry dice que Mitchell le dio una cama, comida, ropa, pero sobre todo amistad, incluso en sus peores momentos. Su médico le diagnosticó una depresión y la recuperación fue muy lenta, pero un día Henry se dio cuenta de que quería vivir en vez de morir.

–Igual que Mitchell –murmuró Kay para sí.

–Y poco más –terminó su madre–. Henry no quiso volver a su antigua vida y, como coincidió que Mitchell compró este lugar, le ofreció quedarse y trabajar aquí hasta que él quisiera.

–Te has enamorado de Henry, ¿verdad? –preguntó Kay amorosamente.

Leonora enrojeció.

–Es un buen hombre, Kay. Igual que Mitchell.

Ya estaban de nuevo hablando de Mitchell. Kay se recostó en la silla, tratando de asimilar lo que acababa de escuchar.

–No niego que pueda ser increíblemente amable en ocasiones –dijo lentamente, tratando de ordenar sus pensamientos–, con Henry entonces o con nosotras ahora. Puede que sea un buen samaritano, pero eso no cambia la forma en que piensa en las mujeres o en el compromiso. Está marcado por un pasado duro, cosas terribles que le ocurrieron siendo niño, y necesitaría alguien muy especial para poder deshacerse de esos traumas. Y yo soy...

–Adorable –interrumpió Leonora.

–Muy normal –terminó Kay, sonriendo débilmente–. Reconócelo, mamá. Soy muy normal.

–Pero te preocupas por él.

Leonora lo dijo con una voz tan triste, que Kay tuvo que esforzarse por no llorar.

–Ésa es mi desgracia. Me metí en eso con los ojos bien abiertos, pero supongo que esperaba... que él se enamoraría perdidamente de mí, como yo me he enamorado de él, un poco más cada vez que nos hemos visto estos dos meses. Qué estúpida.

–No eres estúpida, eres humana –la consoló Leonora, mientras tomaba una mano entre las suyas–. ¿Y qué vas a hacer?

Tardó un poco en responder. Luego, se animó a sí misma, irguiéndose en el asiento.

–Terminar con esto. No de una forma dramática, porque tal y como es Mitchell, lo tomaría como un desafío. Creo que por eso empezó a interesarse por mí, porque no caí rendida a sus pies a la primera. Yo era diferente y eso lo atrajo –añadió con cierta amargura–. No, lo haré poco a poco. Iré quedando menos con él, poniendo obstáculos... ese tipo de cosas.

–¿Y crees que funcionará? –dudó Leonora.

–Con el tiempo, sí. Es un hombre orgulloso, mamá.

Hablaron un poco más y luego Kay besó a su madre, la abrazó y salió de la habitación. Una vez en el rellano, se paró a escuchar, pero ningún sonido llegaba de la planta de abajo. Se acercó al cuarto de las gemelas y abrió la puerta cuidadosamente. Entró sin hacer ruido y las contempló durante un rato, hasta que se dio cuenta de que estaba llorando. Se enjugó los ojos, las arropó, y salió sigilosamente.

Cuando abrió la puerta de su dormitorio, casi se cae de espaldas, y gracias a que se tapó la boca con la mano, su grito no se oyó por toda la casa. Mitchell estaba sentado en una de las sillas junto a la ventana.

–¿Dónde era la fiesta? –preguntó sarcásticamente.

Kay cerró la puerta y dio un par de pasos.

–¿Perdona?

–Has estado treinta y cinco minutos fuera –dijo él, consultando su Rolex–, y eso que abajo dijiste que te caías de sueño.

La impresión de verlo allí sentado iba dejando paso a la ira.

–Estaba cansada –dijo secamente–, pero he tenido una conversación con mi madre. Que yo sepa, no es ningún crimen. Y luego estuve un rato con las gemelas. Eso es lo que he hecho, Mitchell. Soy madre.

–No has dejado de recordármelo en todo el día –comentó fríamente–. Por eso estoy aquí. Me has estado rehuyendo esta tarde y esta noche, y quiero saber por qué. ¿Es eso de los «dos mundos diferentes»? Porque eso son tonterías.

Primero la conversación con su madre y ahora aquello. Kay estaba a punto de estallar.

Mitchell se levantó y se acercó a ella, y ella se obligó a no moverse ni reaccionar.

–¿Qué es entonces? ¿Es porque eres madre? –continuó él–. Por Dios, Kay, desde que te conozco sé que eres madre. Deberías saber a estas alturas que no te pediría que hicieras nada que las desestabilizara. No me hagas parecer un dictador ególatra porque no me gusta, no lo soy.

–Yo no he dicho que seas un monstruo –le interrumpió, con el corazón latiendo a mil por hora.

–Bien, pues es como me has hecho sentir toda la tarde.

Se pasó la mano por el pelo, en un gesto de frustración e ira.

–Maldita sea, he ido con pies de plomo contigo durante los últimos dos meses. Me he dado tantas duchas frías que no me creerías, me he obligado a ir despacio hasta casi volverme loco, ¿y para qué? ¿Para que me mires aterrada unas veces y otras me trates como si fuera un criminal?

–¿Y si te sientes así, porque te has molestado en ir detrás de mí? –replicó ella, desesperada–. El vernos fue idea tuya, no sé si te acuerdas.

–Oh, claro que me acuerdo, creo que nunca podré olvidar nuestra primera comida juntos –respondió sarcástico, tan cerca de ella que podía percibir su aroma–. Una desafiante jovencita arrogante con una falda tan corta que me puso toda una semana duro como una roca sólo de recordarla –su voz tenía un toque de desprecio hacia sí mismo–. Cuando me dijeron que te habías largado, supe que tenía que dejar de verte. No necesitaba más problemas en la forma de una pelirroja diciéndome todo el rato que me fuera al infierno. Pero ya entonces estaba encaprichado contigo.

Ella se lo quedó mirando, incapaz de abrir la boca. Sabía lo que estaba pasando: de nuevo, con su magnético encanto, intentaba atraerla a su terreno. Ella sabía que lo inteligente era terminar con aquello en ese momento, pero su furia se iba diluyendo y en su lugar iba apareciendo algo muy diferente que desplazaba a la lógica y la razón. Pero tenía que intentarlo, pensó.

–Sería una locura –murmuró–. No puede funcionar, somos demasiado diferentes, ¿es que no lo ves?, Mitchell.

–Me estoy acercando demasiado. Ése es el problema, ¿verdad? –preguntó sinceramente.

Ella respiró hondo.

–Sí –contestó–, de alguna forma es así. Conocer a mi familia no era parte del trato. Y te estoy muy agradecida por lo que has hecho –se apresuró a asegurar–, pero...

No dijo nada más, porque él se inclinó sobre ella y la besó, apasionado y hambriento. Ella se apretó contra él con una urgencia desesperada, sintiendo su cuerpo firme mientras la besaba con una pasión creciente que le hizo arder la sangre en todo el cuerpo.

Lo deseaba, lo amaba, y si aquello tenía que terminarse, por lo menos podría pasar una noche en sus brazos, ¿no? Sensaciones nuevas le recorrían el cuerpo.

Apenas advirtió que él la elevaba del suelo y la llevaba a la cama. La depositó sobre ella delicadamente y la acarició y besó despertando en ella un anhelo de él que sólo se podía saciar de una manera.

–Eres tan hermosa, Kay, mucho más de lo que crees –le susurró al oído.

Le besó los párpados, las mejillas, los labios, el cuello. Acarició sus pechos con los labios, deteniéndose en su parte más sensible, y siguió bajando. Kay se retorcía de placer, su cuerpo clamando a Mitchell que lo apaciguara.

No se había dado cuenta de que él le había desabrochado la blusa, y cuando sintió su boca en su piel desnuda la sensación la sobrecogió.

Desde que lo había conocido, Kay había pasado incontables noches soñando con él. Y ahora sus sueños se hacían realidad, él sabía exactamente dónde tocarla, cómo besarla...

Durante mucho tiempo, pensó que el sexo era

la mediocridad que había conocido con Perry. Había leído otras cosas en las novelas, pero creía que era todo inventado. Ahora sabía que no era así, aquello era real.

Abrió un poco la camisa de él y, cuando sus manos recorrieron aquellos músculos fibrosos, Mitchell gimió suavemente. Kay podía sentir el pulso de su deseo y aquello la excitó tanto, que apenas se reconocía a sí misma.

Abrió los ojos para observarlo, y se encontró con un Mitchell totalmente distinto al que conocía. Había desaparecido el frío y controlador hombre de negocios, o el mordaz hombre de mundo. Su cara, transformada por la pasión, reflejaba lo mucho que la deseaba.

Kay bajó las manos y empezó a desabrocharle el cinturón, y se quedó estupefacta cuando él sujetó sus manos.

–No, Kay.

–¿No? –preguntó, con un hilo de voz.

Él gimió, desde lo más profundo de su ser.

–No me mires así –le rogó, con voz ronca–. ¿Crees que yo no quiero? Dios, me vuelves loco y va a más cada vez que estoy contigo, pero no quiero que sea así. Ese tipo con el que estuviste casada... sólo he tenido que tocarte una vez para saber que nunca te excitó. Has respondido a mí como una virgen, insegura, abrumada por tus sentimientos...

–Mitchell, tengo dos hijas. No soy virgen.

Primero se había puesto blanca, y ahora enrojeció. Se sentía más humillada que nunca en su vida.

Se había arrojado a sus brazos y él la había rechazado.

–Puede que no físicamente.

La observó mientras ella se incorporaba y se abrochaba la blusa, temblando.

–Kay, cuando hagamos el amor, y te aseguro que lo haremos, quiero que sea porque lo decidas toda tú: tu mente, tu corazón... y no sólo tu cuerpo. Quiero que sepas lo que estás haciendo.

–Qué civilizado –dijo ella con un desdén que no tenía sentido.

–Si quieres verlo así... –continuó él, con un tono más frío–. De esa manera, no te arrepentirás por haberte dejado llevar por la emoción del momento o la curiosidad, ni nada parecido. Será tu primera vez, en muchos sentidos –añadió, antes de que ella pudiera protestar–. Será una decisión consciente tuya permitirme que te haga el amor.

Ella buscó su mirada. ¿Estaba hablando de amor, o sólo de sexo?

–Y cuando vengas a mí por voluntad propia –continuó, con su voz aterciopelada–, haré que te conviertas en la mujer que llevas dentro.

Su aplastante seguridad la abrumó y, por un momento, lo odió. Le había llegado al corazón, pero no iba a dejar que él lo supiera.

–Qué bonita ilusión. Y ahora, ¿podrías abandonar mi habitación, por favor? Que seas el anfitrión no te da derecho a invadir las habitaciones de tus invitados.

Mitchell no respondió, pero ella vio en sus ojos que no le había gustado su comentario. Era un pobre consuelo después de lo que él le había hecho, pero mejor eso que nada.

Se encaminó a la puerta más relajado de lo que debería, pensó ella. Ella estaba ardiendo por dentro y sabía que tardaría aún mucho en reponerse de aquella frustración sexual, mientras que él parecía tan tranquilo.

–Buenas noches, Kay –se despidió él–. Sueña conmigo.

–Qué posibilidad tan remota –mintió ella fríamente.

Él abrió la puerta y se volvió para contemplarla una vez más.

–No olvides que mañana construiremos un muñeco de nieve –le recordó suavemente–. Espero que te levantes pronto o tendré que venir por ti.

¿Cómo se atrevía a hablarle de aquella manera tan seductora después de haberla rechazado? Lo odiaba, realmente lo odiaba.

Estaba buscando las palabras para contestarle cuando cerró la puerta.

Capítulo 9

AL día siguiente amaneció un cielo claro, con la luz del sol hacía brillar una espesa capa de nieve; aquello volvió locas a las gemelas.

Leonora y Henry prefirieron quedarse junto al fuego, así que Kay y Mitchell salieron con las niñas a construir el muñeco de nieve.

El enorme bochorno que Kay había sentido en el desayuno al ver a Mitchell se disolvió en la actividad del día, que para Georgia supuso gritar de alegría y rodar por la nieve, para Emily construir seria y cuidadosamente y un poco de ambas cosas para Mitchell, para diversión de las pequeñas.

Cuando Frosty, que así lo bautizaron Georgia y Emily, estuvo construido, Mitchell las levantó en brazos y le pusieron los detalles: el sombrero, la bufanda, los ojos, la nariz y los dientes.

–Es genial, ¿verdad, mamá?

Georgia se volvió hacia Kay y le tendió la manita envuelta en una manopla, y Emily se apresuró a hacer lo mismo. Kay las agarró, consciente de que Mitchell no apartaba la vista de ella, y los cuatro quedaron unidos en lo que podría ser el abrazo de una familia. Kay sintió una punzada de dolor. Era insoportable.

–Es precioso, cariño –dijo alegremente, pero su sonrisa era tensa–. El mejor muñeco de nieve del mundo.

–Ahora que Frosty está bien abrigado con su sombrero y su bufanda, ¿qué os parece si damos de comer a los patos del lago? ¿Por qué no vais dentro y le pedís a Henry un poco de pan duro? –sugirió Mitchell.

–¿Podemos? –preguntaron las dos al unísono a su madre.

En cuanto Kay asintió, salieron corriendo tan rápidamente como les permitían sus botas de agua. Entonces se produjo un vibrante silencio durante unos momentos, y Mitchell habló:

–¿Qué tal tus sueños?

¡Intentaba hacer como si la otra noche no hubiera sucedido nada! Kay notó que se le activaba la adrenalina y respondió fríamente, como si fuera una pregunta de cortesía:

–He dormido muy bien, gracias.

–Pues yo no –le respondió él, sin sonreír y mirándola fijamente.

«Culpa tuya».

–¿De veras? –preguntó ella, llena de sarcasmo–. Deberías probar con un vaso de leche caliente con miel. Con las gemelas siempre funciona.

–Sé cuál es la cura para mis problemas de sueño, Kay –respondió él secamente–, y no es leche con miel.

Podría responderle mil y una cosas a aquello,

pero, como todas la delatarían, se conformó con darle la espalda y concentrarse en colocar bien la nariz de Frosty, hasta que Georgia y Emily llegaron dos segundos después.

–Mami, Henry nos ha dado una bolsa llena de pan y también un poco de bizcocho –anunció Georgia correteando hacia ellos–. ¿A que los patos se van a poner muy contentos?

Los patos del pequeño pero acogedor lago estaban felices con las niñas, y las divertían saliendo del agua y tomando el pan de sus propias manos.

–Están casi domesticados –comentó Mitchell–, y todo gracias a Henry. La primavera pasada fue a visitar a su hermana, que tiene una granja, y un zorro mató a la madre pata. Henry se trajo el nido y los huevos y los incubó en la cocina, con botellas de agua caliente. No perdió ni uno. ¿Sabíais que el cuartito que da a la cocina tuvo un pequeño estanque dentro durante semanas?

–¿De verdad?

Kay estaba fascinada. Cada vez le gustaba más Henry.

–Luego crecieron, y fue un poco difícil convencerles de que Henry no era su madre; lo seguían a todas partes –añadió Mitchell.

Le dirigió una brillante sonrisa a Kay y ella sintió que el corazón se le aceleraba.

–¿Sabíais que los patos tienen personalidad? –preguntó él, arrodillándose junto a las niñas–. Aquél de allá, el que va de machito, se llama Charlie y es el jefe. Y la pequeña de color marrón que hay detrás es Matilda. Es la más tímida de todos, y aun así Charlie y ella son inseparables. Es como si él supiera que necesita que la cuiden.

Se volvió y clavó sus ojos en ella. La había atrapado en su mirada, estaba como hechizada; no podía respirar, no podía moverse... Sólo existía Mitchell.

–¿Los... los demás tienen nombre? –logró articular con un hilo de voz.

–Claro que sí.

Sonrió y, acercándose a ella, tomó su mano y la colocó sobre su brazo. Fue presentándoselos y haciendo comentarios sin importancia que ella no escuchó. Ojalá pudiera congelar aquel momento: con el cielo azul, las gemelas riendo mientras alimentaban a los patos, y Mitchell a su lado, era la mujer más feliz del mundo.

Dirigió una mirada a aquel hombre, tan masculino y atractivo con su abrigo negro entre la nieve blanca. Él debió de notar algo, porque giró la cabeza. Lentamente, acercó su boca a la de ella y ella no hizo ademán de retirarse. Fue un beso breve, dulce y cálido, que duró sólo unos instantes. Luego, Mitchell sujetó la mano que ella tenía sobre su brazo.

–¿Por qué me muero de ganas de tumbarte sobre la nieve y complacerte hasta lograr que gimas mi nombre? –le susurró al oído.

Ella abrió los ojos como platos y vio que Mitchell sonreía burlándose de sí mismo.

–Creo que acabo de perder los puntos que había ganado con lo de Charlie y los patos –dijo tristemente.

Kay no pudo evitar reírse y, al mismo tiempo, en su interior, se preguntó por qué tenía que ser tan increíblemente guapo. Ella se hubiera contentado con un hombre más normal, pero que fuera el apropiado. En vez de eso, se había enamorado de Mitchell. Del hombre imposible.

Hicieron el camino de vuelta a casa con Kay agarrada del brazo de Mitchell, rodeados por las gemelas en su ir y venir alborotado. Aquél era su último día allí. Nada más entrar en la casa, Kay sintió que se le caía el alma a los pies. Nunca volverían allí, ella se encargaría de que así fuera. Aquello era demasiado dulce, demasiado atractivo, demasiado peligroso. Le permitía saborear lo que podría haber sido si los sentimientos de Mitchell fueran otros.

Leonora y Henry estaban sentados uno al lado del otro en la mesa de la cocina. El aroma a café recién hecho perfumaba el aire. Kay los observó un momento mientras Georgia y Emily les contaban emocionadas todo lo que habían hecho. Después, fue a quitarse el abrigo.

¿Qué pasaría si el cariño que notaba entre su madre y Henry crecía?, se preguntó mientras colgaba el abrigo. Aquello supondría que Mitchell sería para siempre parte de su familia, incluso cuando él estuviera con otra mujer y ella ya no fuera más que otra de sus «ex». El pensamiento se le clavó en el corazón.

La comida fue un bufé frío, pero igualmente delicioso. Henry tenía la habilidad de convertir los alimentos más normales en algo sublime. Y eso resultaba un peligro para mantener la figura, pensó Kay. Su madre debió de pensar lo mismo, porque nada más terminar su mousse de chocolate, dijo:

–Henry, esto estaba riquísimo, pero me temo que, a pesar de la gripe, he ganado algunos kilos. No me explico cómo Mitchell y tú estáis tan delgados.

–Los hombres tenemos una constitución distinta de las mujeres –apuntó él–. Pero, ¿qué importa?

–Mucho, cuando llegas a mi edad y tu cuerpo empieza a relajarse –respondió ella, avergonzada.

–Pero si eres perfecta –afirmó él, mirándola fijamente a los ojos, olvidado el resto del mundo–. Gorda o delgada, no me importa. Tú eres perfecta.

Vaya, vaya... Kay buscó la mirada de Mitchell, que enarcó las cejas lacónicamente. Definitivamente, había algo entre aquellos dos.

Mucho más tarde, cuando Kay se metió en la cama, repasó los acontecimientos del día: la construcción del muñeco de nieve, el episodio con los patos, la insistencia de Georgia y Emily en que Mitchell les leyera un cuento antes de dormir, la maravillosa cena que Henry había preparado para los cuatro adultos, y el buen ambiente de camaradería entre Mitchell, Henry y su madre... Todo había sido cautivador, demasiado. Podía engañarse a sí misma imaginando que era el comienzo de una historia perdurable; pero no lo era.

«La realidad se impone, Kay», se dijo. A la mañana siguiente, Mitchell las llevaría de vuelta a Ivy Cottage y volverían a la vida real. El extraño juego del gato y el ratón al que jugaba él volvería a darse, pero esa vez habría cambios. Iría enfriando las cosas, cortando el contacto entre las gemelas y él para que éstas pudieran ir olvidándolo. Era por el bien de todos, se aseguró a sí misma desesperadamente. Pero entonces, ¿por qué se sentía como si estuviera siendo injusta con todo el mundo?

Se giró y se tumbó boca abajo en la cama con un suspiro, enfadada con Mitchell, consigo misma y con el mundo.

El regreso a Ivy Cottage fue mucho más fácil de lo que Kay había previsto, sobre todo porque hubo una emergencia en la sucursal de Southampton, que requería la visita de Mitchell en persona. Aun así, insistió en llevarlas a casa él mismo, aunque Henry se ofreció y Kay lo apoyó vivamente.

–Holden y su ineficacia pueden esperar –comentó Mitchell gravemente–. Una hora o dos no van a cambiar las cosas. Os voy a llevar de vuelta, ¿de acuerdo?

Miró a Kay como si fuera la responsable de lo que sucedía.

–Y pasaremos por el supermercado como habíamos planeado –añadió–. No hay discusión.

Ella asintió, le dio las gracias y lo dejó ahí. Por lo menos, como él tendría prisa, la despedida sería breve y concisa, no tendría que ofrecerle café ni otra cosa que entretuviera su partida. Sería un final rápido y limpio para unas locas y, tenía que admitirlo, maravillosas, navidades.

Todo sucedió exactamente como había imaginado, y al poco de llegar a su diminuto hogar, Kay, su madre y las niñas despedían a Mitchell saludando desde el porche. Las gemelas subieron rápidamente a su habitación a comprobar si todo seguía en su sitio y Kay y su madre se quedaron un momento a solas.

–Qué pena –murmuró Leonora–. Podríamos haberles ofrecido a Henry y a Mitchell una cena esta noche, después de todo lo que han hecho por nosotras.

Oh, no. No iba a empezar con eso...

–No tenemos sitio, mamá –afirmó tajante–. Y además, sabes lo que siento.

Leonora hizo una mueca de desaprobación.

–Cariño, deberías pensarlo de nuevo –dijo cuidadosamente–. Henry asegura que Mitchell está encaprichado contigo.

–No me cabe la menor duda de que ha estado encaprichado de muchas mujeres en el pasado. Seguramente han cenado en su casa, se han quedado a dormir, e incluso igual alguna ha vivido con él una temporada. Pero sólo mientras él quiso. Así es ese hombre, mamá, dueño y director de una gran empresa, que disfruta de una vida personal sin ataduras. Toda su lealtad y su compromiso los dirige a los negocios.

–Eso no significa que no pudiera dárselos a una mujer de la que se enamorara –argumentó Leonora tercamente.

–Esa es una probabilidad demasiado remota en lo que a Mitchell se refiere –contestó Kay–. Mira, él no sabe lo que es una familia. Creció entre violencia, y nunca ha querido sentar la cabeza. ¿Por qué iba a aceptar ser parte de una familia ya formada? Y si me quiere a mí, tiene que aceptar el resto del paquete. Esos son los hechos, mamá, enfréntate a ellos. Yo lo he hecho.

Y nada más decir esto, sorprendió a ambas echándose a llorar.

Algo después, tras calmarse y tomar una taza de chocolate caliente, Leonora se disculpó:

–No más charla sobre ya sabes quién, lo prometo, ¿de acuerdo?

Kay sonrió. A ver cuánto tardaba en volver a hablar del tema.

–De acuerdo. Pero no dejes que las cosas entre él y yo afecten a tu relación con Henry, ¿de acuerdo? Es encantador, lo digo de veras, y quiero que lo veas tanto como te apetezca. Creo que Mitchell y yo empezaremos a distanciarnos, es lo mejor para todos. De verdad.

De verdad.

Eran las diez de la noche y Kay estaba sola en el salón, con un vaso de vino en la mano y los pies al calor del fuego. Su madre se había ido a acostar pronto y ella se había quedado en el sofá, contemplando el árbol de Navidad y la tormenta que empezaba a formarse en el exterior. Estaba muy a gusto, todo era cómodo y acogedor, y se sentía querida y segura por tener a su familia junto a ella. Y también se sentía la mujer más triste del mundo.

De repente, el sonido del teléfono la sobresaltó.

–¿Diga?

–¿Me echas de menos?

Casi dejó caer el teléfono, el corazón le latía con fuerza.

–¿Mitchell? –preguntó débilmente.

–Espero que no haya otro hombre en tu vida con el derecho de preguntarte si lo echas de menos –dijo él suavemente, riéndose por detrás–. ¿Y? ¿Me echas de menos?

–¿Y tú me echas de menos a mí? –repitió ella.

–Como un loco –respondió sin dudar.

–Bueno, yo también te echo de menos.

¿Qué otra cosa podía decir? Además, era la verdad.

–Bien. Muy bien –contestó él, risueño.

Hubo una pausa, en la que Kay intentó recuperar la respiración y controlar el ritmo de su corazón.

–¿Desde dónde me llamas? –preguntó, rezando por que no le temblara la voz.

–Desde un hotel en el que suelo alojarme cuando vengo aquí.

Bien. Claramente, no era un tema del que quisiera hablar.

–¿Cómo has encontrado las cosas? ¿Estaban tan mal como esperabas?

–Peor. Voy a tener que quedarme un día o dos para solucionar todo el lío –respondió irritado–. ¿Crees que podrás arreglártelas sin mí tanto tiempo?

Su voz había cambiado, volvía a ser suave y seductora.

–Tendré que intentarlo, ¿no crees? –contestó ella, de nuevo bajo control.

–No lo intentes demasiado, ¿eh?

Daría igual lo mucho que lo intentara, pensó ella. Era el hombre más fascinante que había conocido en su vida: excitante, sexy, divertido, guapo, y lo amaba hasta la desesperación. Nunca había soñado siquiera que fuera posible sentirse tan cautivada por otra persona. Así que, con ese panorama, ¿cómo iba a lograr echarlo de su vida en un par de días? Le llevaría mucho, mucho tiempo y muchas lágrimas lograrlo.

–Deberías estar contento de que me las arregle sin ti –dijo, sin darle importancia–. Dijimos sin promesas, ¿no?

–Una mujer moderna –comentó él.

–Exactamente –afirmó ella.

Hubo una pausa, que aprovechó para intentar entender a qué se refería él. Pasaron unos momentos y por fin habló Mitchell.

–A veces eres demasiado moderna ¿sabes?

–No, no lo sabía

«Calma, Kay. Mantén la calma».

–¿Cómo están las gemelas? –su tono de voz había cambiado completamente.

–Bien. Cansadas. Se han pasado horas arreglando la casa de muñecas y decidiendo dónde la ponían. Georgia quería en el suelo, para jugar tumbadas en la alfombra; Emily quería en el tocador, para jugar sentadas en taburetes.

–Seguro que acierto quién ganó –apostó él alegremente.

–Georgia, como siempre –anunció ella.

–Tiene casi tanta fuerza de voluntad como su madre –afirmó él riendo.

–Eso no es malo –protestó ella.

–Puede serlo, si impide a la persona ver lo que está debajo de su nariz.

Ella parpadeó, totalmente desconcertada.

–Buenas noches, Kay –susurró él en el auricular–. Sueña conmigo.

Esta vez no le salió el sarcasmo de la otra vez. Tragó saliva.

–Buenas noches, Mitchell.

Estuvo un rato con el auricular en la mano, ensimismada, hasta que oyó un pitido. Lo colocó en su sitio lentamente, con la cabeza dándole vueltas. Buscó su copa y se bebió de un trago el vino que quedaba. Luego, fue a la cocina y se sirvió otra copa. No solía beber, pero aquella era una ocasión especial.

¿Qué iba a hacer? Cada vez que tomaba la decisión de alejarlo de ella, era como si lo atrajera más hacia sí.

¿Qué querría él? Con aquel pasado oscuro y extraño y su éxito meteórico, ¿qué quería realmente aquel hombre? ¿Lo sabría él mismo? Había dejado las cosas muy claras nada más empezar, y no había comentado nada de cambios. Era una locura esperar que unas pocas palabras y unas miradas quisieran decir que ella significaba para él más que sus otras mujeres. Ni siquiera era habilidosa en el tema sexual, no era una mujer de mundo, no podía compararse con el resto de mujeres que él conocía y trataba todos los días...

Los celos se apoderaron de ella. Cerró los ojos e intentó relajarse recostándose en el sofá. En aquel momento, él estaba en alguna habitación de hotel, seguramente con todo lo que pudiera desear al alcance de la mano. Deseó estar con él. Lo deseó con todas sus fuerzas, con todo su cuerpo.

Capítulo 10

MITCHELL no volvió hasta el lunes, pero telefoneó a Kay el viernes y el sábado por la noche. Ella nunca lo habría admitido, pero esperaba cada llamada con impaciencia, cada fibra de su cuerpo deseaba escuchar su voz.

Le había dado fuerte, se dijo a sí misma cuando, a las tres de la madrugada del domingo, aún no había logrado dormirse. Y la asustaba terriblemente, estaba como atontada, había perdido completamente la cabeza.

Se incorporó en la cama, apartó a un lado el edredón y se puso la bata. Luego se calzó las zapatillas y salió de la habitación. Su madre estaba profundamente dormida. Había pasado el día con Henry y había llegado a casa a las once de la noche, sonrojada y feliz, con todo el aspecto de que el día había ido tremendamente bien.

Kay fue a la cocina, se preparó un tazón de leche caliente con miel y se fue con él al salón, sin preocuparse por encender la luz. La luna llena entraba por la ventana y, con el resplandor de las brasas en la chimenea, veía lo suficiente.

Se acomodó en el sofá y fue bebiendo la leche

a pequeños sorbos, disfrutando del calor que la iba inundando. Cuando lo terminó, lo dejó en el suelo y se arropó con la bata. Podía quedarse allí a dormir, pensó soñolienta. Estaba agotada pero, por alguna razón, la habitación que venía compartiendo con su madre durante los últimos años, le daba claustrofobia desde hacía dos días. ¿O simplemente estaba sacando las cosas de quicio, porque normalmente se quedaba dormida en cuanto cerraba los ojos?

Debió de quedarse dormida porque, cuando el ruido la despertó, era consciente de estar saliendo de un lugar cálido donde había soñado con Mitchell.

Estaba hecha un ovillo en el sofá, frente a los restos del fuego, y la luna hacía bailar sombras por toda la habitación. El sonido, una especie de arañazos torpes, volvió a oírse procedente de la ventana, y ella levantó la cabeza para mirar por encima del sofá.

Hasta aquel momento no se había asustado; tal vez fuera porque el gato de los vecinos se paseaba a menudo por su jardín, o porque aún estaba más dormida que despierta, nunca supo explicárselo. En el mismo momento en que una ráfaga de aire helado le dio en la cara, vio las figuras de dos hombres en la ventana que acababan de abrir, y entonces sí se asustó.

En los breves momentos que permaneció paralizada por el miedo, uno de los hombres subió al alféizar, y luego puso un pie en la habitación, todo tan silenciosamente como un gato.

La estridencia del grito de Kay fue tal, que hasta ella se sorprendió, y entonces sucedieron varias cosas a la vez. Ella fue consciente de agacharse y tratar de alcanzar el atizador de la chimenea al mismo tiempo que el hombre que acababa de entrar maldecía profusamente y el otro le decía algo apresuradamente, aunque no pudo entender el qué.

Se oyó el sonido de cristales rotos, más ruidos y un correteo, pero cuando Leonora encendió la luz de la planta baja, preguntando alarmada qué había pasado, Kay supo que se habían ido.

–Quédate con las niñas –le ordenó a su madre–. Voy a llamar a la policía. Acabamos de tener una «visita indeseada».

–¿Ladrones? ¡Oh, Kay! ¿Estás herida? –preguntó su madre al borde de la histeria.

Se calmó para responder la llamada de las gemelas:

–Ya voy, tesoros, no os preocupéis. Todo está bien.

–Quédate arriba con ellas –le pidió Kay mientras marcaba el número de la policía–. No quiero que estén por aquí.

Aún tenía el atizador en la mano, y sabía que no dudaría en utilizarlo si los ladrones volvían.

–Y no te preocupes por mí, estoy perfectamente bien; ni me han tocado.

Durante los pocos minutos que tardó en aparecer la policía, Kay se mantuvo junto al teléfono sin moverse. Ahora podía ver que el ladrón que había entrado había roto la ventana durante la escapada, además de un jarrón de cristal que estaba junto al alféizar. Kay temblaba, no sabía bien si por el frío o por la reacción a lo que acababa de suceder.

Habían intentado entrar en su casa, con sus niñas durmiendo en el piso de arriba. Sintió una mezcla de ira y miedo que hizo que le temblaran las piernas. ¿Cómo se habían atrevido?

Cuando oyó llegar al coche, se obligó a caminar hasta la puerta principal y abrirla, lívida del susto. Los dos policías eran jóvenes y la tranquilizaron, y enseguida llegó otro coche, con una mujer policía. Mientras uno de ellos le tomaba declaración, otro inspeccionó el jardín, a pesar de que les había asegurado que los hombres se habían marchado.

La mujer policía subió a hablar con Leonora, y cuando bajó al poco rato, sonrió a Kay y le dijo:

–Tiene usted dos hijas preciosas.

Sí, lo sabía, y aquellos hombres habían estado en su casa a la vez que sus preciosas pequeñas. Lo normal hubiera sido que hubiera dormido arriba, pensó Kay preocupándose aún más. Eso era lo que ellos esperaban. La mujer debió de adivinar lo que estaba pensando, porque se apresuró a ofrecerle una taza de té.

Fue una noche muy larga, pero cuando comenzó a amanecer, la policía había inspeccionado los restos y recogido pruebas: cabellos, huellas dactilares e incluso un cristal manchado de sangre.

–Uno de ellos debió dc cortarse –dijo uno de los policías con evidente satisfacción–. Qué amables por dejarnos su tarjeta de visita. Espero que lo encontremos en nuestras fichas.

Su madre y las gemelas habían bajado, movidas por la curiosidad de las niñas, y Kay se alegró al comprobar que tanto Georgia como Emily no eran conscientes del verdadero alcance de lo que había sucedido. La pequeña y ordenada Emily se había indignado por lo desordenado que estaba todo, pero no había llorado. Como hacía mucho frío, Leonora las subió a su habitación y al cabo de diez minutos estaban nuevamente dormidas.

–¿Seguro que no quiere que llamemos a su hermano o a alguien, un amigo tal vez, antes de marcharnos, señora Sherwood? –le preguntó uno de los policías.

Habían hecho todo lo que habían podido, incluso tapar el hueco de la ventana con un cartón, pero aún entraba frío. Kay miró el reloj: eran las siete de la mañana.

–No es necesario molestar a nadie a estar horas –respondió agradecida–. Ya habrá tiempo para eso.

Apenas habían salido, Leonora descolgó el teléfono.

–Voy a llamar a Henry –anunció–. Él siempre se levanta a las seis, y querrá saber lo que ha pasado.

Más bien se moría por contárselo, pensó Kay con indulgencia. Pero era lógico. Mientras esperaba a que llegara la policía, su primer pensamiento coherente había sido un deseo enorme de hablar con Mitchell.

Su madre se frustró un poco cuando saltó el contestador, pero, imaginándose que Henry estaría dando de comer a los patos, dejó un mensaje y colgó.

Una vez que se duchó y se vistió, Kay se sintió mejor, pero al contemplarse en el espejo vio que su cara estaba pálida. Café, necesitaba café antes de que las niñas se despertaran, pensó. Aquellos ladrones no iban a quitarle ni una pizca de sí misma. No permitiría que la asustaran, no en su propia casa.

Encendió la cafetera mientras su madre subía a lavarse y vestirse, y estaba comprobando los desperfectos cuando oyó el frenazo de un coche frente a su puerta. Debía de ser Henry, qué agradable. Debía de haber oído el mensaje de su madre y había ido en persona, en lugar de devolver la llamada.

Kay se puso en pie y se dirigió a la puerta. No esperó a que llamara, abrió la puerta con una sonrisa de bienvenida que murió en sus labios al encontrarse con los ojos azules de Mitchell, que atravesaba el jardín con Henry unos pasos más atrás.

–¿Estás bien?

No esperó a que hablara, la tomó entre sus brazos y la abrazó tan fuerte, que apenas podía respirar.

–Les habría hecho papilla, lo juro.

–Mitchell, ¡Mitchell!

Se zafó de su abrazo, pero al ver la preocupación en su rostro, se ablandó.

–Estoy bien, de verdad –se apresuró a decir–.

Nadie ha resultado herido. Bueno, salvo uno de los ladrones mientras intentaba huir.

Estaban de nuevo en el salón, y cuando Henry fue a cerrar la puerta principal, Mitchell volvió a abrazarla.

–Si llegan a tocarte un pelo les habría matado –dijo con voz ronca–. Maldita sea, debería haber estado aquí.

Kay entendió inmediatamente. Le acarició la cara y él sujetó su mano contra su mejilla.

–No, no deberías haber estado aquí, no tenías por qué. No puedes estar en todas partes –le dijo suavemente.

Aquello había despertado de nuevo el fantasma de la muerte de su hermana, y el tormento que cargaba sobre sus hombros.

Kay saludó a Henry, que esperaba silencioso detrás de él.

–Mi madre se está vistiendo, Henry –le comentó–, y estoy preparando café en la cocina, si prefieres hacerte cargo de eso. Y no pongas esa cara tú tampoco, de verdad que estamos bien.

En cuanto Henry abandonó la habitación, Mitchell recorrió con sus manos la cara de Kay, y la besó con todo el temor de lo que podía haber sido.

–¿Las gemelas están bien? ¿Se han asustado mucho?

Le encantó que pensara en las gemelas en un momento así.

–Son demasiado pequeñas para darse cuenta de lo que ha pasado –dijo suavemente, con los labios ardiendo–. No sé cómo estarán hoy, pero aún duermen, lo cual es una buena señal.

–Cuando pienso en lo que podía haber sucedido...

–No lo hagas –le interrumpió ella, tapando su boca con un dedo–. La policía cree que sólo eran un par de ladronzuelos que han estado robando por la zona. Entran en las casas durante la noche y se llevan cosas como televisores y vídeos, pero no son violentos. Uno de ellos se cortó con el cristal de la ventana al intentar escapar, huyeron enseguida en cuanto grité.

–¿Que gritaste? –preguntó, poniéndose más nervioso–. Malditos, como les coja...

Necesitaba una taza de café más que ella. Le hizo sentarse en el sofá y, cuando estaban uno junto al otro, y él la rodeaba con su brazo, se besaron nuevamente.

–¿Cómo es que estás aquí? Creí que no llegabas hasta esta tarde –preguntó ella.

–He pasado la noche trabajando y los demás conmigo –dijo en tono lúgubre– para poder venir en el primer tren de la mañana. Henry había ido a buscarme a la estación cuando tu madre llamó.

–¿Te has pasado la noche trabajando? ¿Por qué?

–Porque quería verte lo antes posible –respondió él con sencillez.

A Kay se le detuvo el corazón y luego volvió a activarse, acelerado.

–Tenemos que hablar, Kay. No puedo seguir

así –dijo suavemente–. Ahora no es el momento, más tarde hablaremos.

Se lo quedó mirando, con una mezcla de duda y euforia. ¿Era aquélla su forma de decirle que tenía que tomar una decisión sobre su futuro? ¿Que, o aceptaba sus términos o no había nada que hacer? ¿Estaría siendo un lobo con piel de cordero? No tenía ni idea. Era imposible saber lo que él estaba pensando.

–Cuéntame exactamente lo que pasó, Kay –pidió él–, minuto a minuto.

Henry llegó de la cocina con el café recién hecho justo cuando Leonora bajaba las escaleras y, por la mirada que intercambiaron, Kay ya no tuvo ninguna duda de sus sentimientos. Una vez que estuvieron todos sentados, relató a los dos hombres todo lo que había pasado.

Kay empezaba a sentir pánico hacia lo que iba a suceder. Mitchell volvía a tener el control de sí mismo, parecía que el pequeño descontrol del principio no había acontecido nunca. Se comportaba atenta y consideradamente, pero sus ojos y su expresión no desvelaban nada. Ella no sabía qué esperar, pero no dejaba de repetirse que había ido allí en cuanto pensó que lo necesitaba, y eso tenía que significar algo, ¿no?

¿Podía haberlo hecho porque se sentía culpable? Aún no había superado su sentimiento de haber abandonado a su hermana; tal vez su urgencia no había sido por ella, Kay Sherwood, sino por evitar los demonios del pasado.

Los cuatro seguían hablando cuando Georgia y

Emily aparecieron en el salón, manifestando claramente su alegría al ver a Mitchell, aumentando el recelo de Kay. Lo adoraban, se dijo a sí misma, mientras las veía subirse a su regazo. Y él era muy bueno con ellas.

Era media mañana cuanto Mitchell se puso en pie y la tomó de la mano.

–Ve por tu abrigo –le pidió–. Voy a llamar a un amigo para que os arregle la ventana y luego daremos una vuelta en coche y comeremos por ahí.

–Es domingo –comentó ella, boquiabierta–. Nadie trabaja en domingo.

–Él lo hará –afirmó.

Se volvió hacia Henry y Leonora.

–¿Os quedáis guardando el fuerte durante un rato?

–Por supuesto –contestó Leonora con entusiasmo, con demasiado entusiasmo. Estaba encantada con el cariz que tomaban las cosas.

–¿Podemos ir? –preguntó Georgia.

–Esta vez no, tesoro, ¿de acuerdo? Pero te prometo que iremos a un sitio estupendo muy pronto –le dijo Mitchell amablemente.

–¿Podremos ver de nuevo a los patos?

Era su mayor novedad. Él sonrió y les alborotó los rizos.

–No veo por qué no –respondió.

Kay rezó por que todo aquello terminara bien, mientras se ponía el abrigo. No se comprobó el pelo ni se puso maquillaje. «Si no soy lo que él quiere, si no puede romper con el pasado, no dejaré que haga daño a mis pequeñas».

De camino al coche, Mitchell la tomó de la mano y ella se quedó sin habla, pero entrelazó sus dedos entre los de él. Su cuerpo le decía que lo que él iba a decirle la haría la mujer más feliz del mundo o la más desgraciada, y no tenía ni idea de qué iba a pasar.

–He dejado de correr en el circuito.

Era lo último que se le hubiera ocurrido pensar que le diría. Lo contempló mientras él le abría la puerta del coche.

–¿Hay una buena razón? –preguntó ella después de unos instantes.

–Ya lo creo, Kay, una razón buenísima.

Ella asintió, mientras el corazón empezaba a latirle más fuerte.

–Me alegro.

–Me alegro de que te alegres.

–Mitchell...

–Aún no, Kay. Quiero hablar contigo seriamente, en un lugar donde sólo estemos los dos.

Cerró su puerta, rodeó el coche y se sentó en el lugar del conductor.

–Conozco un restaurante en el que sirven un menú extraordinario los domingos, no está lejos de aquí y no hay que reservar –la miró un momento–. Podemos estar allí para las dos, después de que te haya dicho lo que quiero decirte.

Ella asintió. Estaba tan nerviosa, que no podía articular palabra. En aquel momento, le parecía que no lograría volver a comer en su vida.

Salieron de la ciudad y se internaron en el campo, y Mitchell no abrió la boca en todo el trayecto, mientras el coche recorría kilómetros. Llevaban unos veinte minutos viajando cuando apartó el coche de la carretera y lo aparcó en un mirador que daba a un valle cubierto de nieve. Era precioso y tranquilo. Se oían algunos pájaros, pero por lo demás todo parecía quieto, como sacado de una postal.

Kay se irguió en el asiento mientras el coche se paraba, y luego se obligó a volver la cabeza hacia él, que la miraba fijamente. Vio que apretaba la mandíbula.

–Ambos dijimos muchas cosas la primera vez que nos vimos –comenzó lentamente–, ¿lo recuerdas?

¿Que si lo recordaba? Aquella conversación la perseguía desde entonces.

–¿Qué tipo de cosas? –murmuró, insegura de qué iba a suceder.

–Cosas estúpidas –respondió él, tras una amarga carcajada–. Pero así me sentía en aquel momento, nunca pensé que...

Se paró de repente.

–Lo que quiero decir es que hasta entonces...

Volvió a detenerse y ella lo miró sin dar crédito. ¿Mitchell, el hombre que siempre mantenía el control, el implacable, el duro como una piedra, luchando por encontrar las palabras? Eso le daba más pistas que cualquier cosa que hubiera sucedido antes.

–¿Qué intentas decirme? –preguntó en un susurro.

Tenía que salir de él. Si lo que creía era cierto, tenía que empezar en aquel momento, como Dios manda, para tener alguna oportunidad de éxito.

–Te amo, Kay –dijo él gravemente.

Ella se lo quedó mirando. Mitchell le estaba ofreciendo lo único que deseaba en el mundo.

–Sé que tú aún no sientes lo mismo, y lo entiendo –se apresuró a añadir–, pero una de las cosas que dijimos fue que, si cualquiera de las dos partes quería que la situación cambiara, lo diría. Bueno, te lo estoy diciendo, Kay. Ya he estado suficiente tiempo yendo despacio, y el episodio con esos... ladrones esta mañana ha colmado el vaso. Necesito que sepas cómo me siento. Necesito tener el derecho a querer machacar a esos hombres por atreverse a acercarse a la mujer de mi vida –terminó, iracundo.

Ella contempló su hermoso rostro enfadado y supo que lo amaba como nunca.

–Kay, quiero un futuro para nosotros –continuó, con la respiración agitada por la emoción–. Quiero... bueno, quiero el lote completo, supongo. Pero no te voy a meter prisa, tranquila... Di algo, por favor.

Kay tragó saliva y trató de controlar las lágrimas.

–¿Estás seguro? Quiero decir, ¿realmente seguro? Las niñas...

–Más seguro de lo que nunca he estado en mi vida.

La miró seductoramente y la besó en los labios.

–Quiero que formes parte de mi vida para

siempre, quiero que lleves un anillo para que todos sepan que estás conmigo.

Las lágrimas le corrían por las mejillas, pero sonrió temblorosa. Él alargó una mano y le secó los ojos delicadamente.

–¿Significa esto que te importo algo? –preguntó conmovido.

Estaba tan guapo con aquel aire de inseguridad, su pelo negro contrastando con sus ojos azules... Kay se preguntó qué había hecho para merecer el amor de aquel hombre. Porque estaba ahí, brillando en sus ojos. Le estaba permitiendo verlo y aquello llenaba su corazón con un gozo tal, que apenas podía respirar.

–Te he querido durante toda mi vida –susurró ella–, mucho antes de conocerte. La primera vez que te vi, algo en mi interior cambió y me asusté. Traté de convencerme de que era otra cosa, pero creció y creció y tuve que admitir que era amor. Un amor eterno. Pero tú no querías nada de eso.

–¡Oh, amor mío!

La acercó hacia sí y sumergió la nariz entre su pelo.

–He intentado no enamorarme de ti, pero ya lo estaba desde el momento en que te vi –confesó ella–. Pero habías estado con tantas mujeres, todas maravillosas...

–Nunca amé a ninguna –interrumpió–. Unas me gustaron más que otras, pero ninguna me robó el corazón. Para serte sincero, hasta que te conocí, no quería ni pensar en que podía haber algo más que mera atracción sexual entre un hombre y una mujer. Pero llegaste tú y...

Dudó. Ella lo besó en la comisura de la boca, aún sin creerse que ahora era libre para hacerlo.

–Siempre me había autoconvencido de que, al final de su relación, mi padre ya no amaba a mi madre, que ella había acabado con su amor –continuó con voz ronca–. Era la única forma en que podía soportar el ver cómo un buen hombre como él seguía con una mujer como ella. Me convencí de que él seguía porque creía en la familia, porque consideraba que tener un padre y una madre era más importante que ir cada uno por su lado. Pero en el fondo de mi corazón sabía que no era verdad, y es contra eso contra lo que he estado luchando desde el accidente. Aún la amaba, Kay. Sacrificó a mi hermana, y hubiera sacrificado a cualquiera, por estar con ella. Nunca he querido que ninguna mujer tuviera ese poder sobre mí. Aborrecía esa posibilidad, pero sobre todo me daba un tremendo pánico.

La miró, con una mueca en su rostro.

–Genial, ¿verdad? Estoy hecho un lío, lo admito.

Kay sonrió y le pasó los brazos por el cuello.

–Yo te desliaré. Lo prometo.

–Ojalá fuera así.

–Tú y yo juntos podemos hacer cualquier cosa –le animó ella, con lágrimas en los ojos.

–Cuando me contaste la horrible manera en que te quedaste sola, y cómo luchaste, asumiendo la responsabilidad de tu familia y del negocio, no podía creer que una mujercita tan frágil en apariencia pudiera tener esa energía y esa fuerza de voluntad. Pero aprendí pronto –añadió con ironía–. Y aún había más sorpresas esperando: tenías dos hijas, y eso que a veces pareces casi una quinceañera.

La volvió a abrazar y le besó las mejillas para secarle las lágrimas. Luego la besó con tanta intensidad que la hizo estremecer hasta la médula. Cuando separaron sus labios, ambos respiraban agitadamente.

–Las gemelas, Mitchell, ¿no te importa que vengan conmigo?

Sabía la respuesta, pero necesitaba oírla.

–¿Que si me importa? Cariño, ¿cómo iba a importarme? Son maravillosas, divertidas, dos Kay en miniatura. Georgia tiene tu misma determinación y energía, y Emily es tu otra cara, la vulnerable, la insegura.

–Te quieren –afirmó ella–. Los niños ven las cosas mucho más claras que los adultos. Ellas vieron al verdadero Mitchell mucho antes de que me dejaras conocerlo a mí.

–Creo que a tu madre también le gusto –añadió, sonriendo de satisfacción–. Sentí que estaba de mi parte desde el primer momento.

La besó de nuevo.

–Cásate conmigo, Kay –le pidió con voz temblorosa.

Nada podía hacerla más feliz.

–Sí –respondió ella, temblando también–, pero no ahora mismo. Primero dejaremos que las gemelas se acostumbren a la idea y tendremos tiempo para...

No sabía cómo expresarlo, y él comprendió lo que quería decir y terminó la frase:

–¿Acostumbrarnos nosotros mismos?

A Kay aún le quedaba una sombra de duda sobre si él podría soportar la vida en familia. Pero le gustaba la forma en que lo había expresado; asintió.

–Te amo, Mitchell, con todo mi corazón –le dijo, antes de perderse en un beso interminable.

Quería que lo supiera.

Capítulo 11

ESTOY bien, Kay? ¿Seguro que este color me sienta bien?

–Mamá, estás fantástica. Cuando entres por el pasillo, Henry se va a caer de espaldas –le aseguró Kay.

Leonora estaba nerviosa y tenía las mejillas sonrosadas de la emoción. Estaba preciosa con su traje color crema y la enorme pamela con plumas azules. Era la novia perfecta en un perfecto día de mediados de diciembre.

–¿Aún no ha llegado el coche? –preguntó agitada.

Kay le sonrió, se acercó a ella y le acarició la mejilla.

–Todo está bajo control, mamá –la tranquilizó–. Y si mis oídos no me fallan, el coche acaba de llegar.

Miró por la ventana de su habitación de Ivy Cottage y vio un reluciente Rolls Royce color crema, adornado con lazos, y al chófer saliendo de él.

Leonora se volvió hacia su hija:

–Se acaba una etapa, Kay –le dijo con voz entrecortada.

–Y otra nueva comienza.

–A tu padre no le hubiera importado que me vuelva a casar, ¿verdad?

–Desde luego que no –dijo, acercándose y abrazándola–. Y no es que te hayas precipitado, precisamente. Dos años has tenido esperando al pobre hombre, ya era hora de que hicieras de él un hombre honesto.

–Oh, Kay.

Se rió emocionada y después respiró hondo.

–Bien, estoy preparada.

El trayecto en coche hacia la iglesia fue muy placentero, hacía un día radiante, pero Leonora no soltó la mano de Kay en todo el camino. Podía entenderlo. Su madre había tenido que enfrentarse a sus propios temores antes de comprometerse con Henry. El padre de Kay había sido un buen hombre y habían sido un matrimonio feliz, pero los problemas con el dinero y el quedarse sin nada cuando murió él habían dejado una huella más profunda y dolorosa en su madre de lo que Kay suponía.

La insistencia de Henry finalmente dio sus frutos. Quería que fuera su mujer, no su compañera ni su pareja ni esos términos modernos. Él era de la antigua usanza y quería que fuera su esposa y portase un anillo que lo anunciase.

–Nunca te he dado las gracias por salvarme después de la muerte de tu padre –susurró Leonora.

–¿Salvarte? –preguntó, y se la quedó mirando–. Yo no te salvé.

–Oh, sí, ya lo creo que lo hiciste –afirmó, apretándole la mano–. Yo estaba mal, mucho peor de lo que me admitía a mí misma incluso. Tú dejaste un empleo seguro, un piso y todo lo que habías construido para ti y las gemelas después de que Perry se marchara, y volviste para estar conmigo. Y lo hiciste con una sonrisa y mucho amor. Ni una sola vez sentí que no quisieras estar ahí.

–Eso era porque yo quería estar ahí –dijo ella suavemente, sonriendo–. Y por favor, no llores, después de lo que me ha costado maquillarte.

–Hasta el conocer a Henry fue a través de ti –añadió Leonora, echándose a llorar–. ¿Tienes un pañuelo, querida?

–Oh. mamá. Te quiero mucho.

–Y yo te quiero a ti.

Entonces el coche se paró frente a la alfombra que conducía al interior de la iglesia, y durante unos instantes todo fueron prisas y confusión, mientras Kay ayudaba a su madre a salir del coche, le ajustaba la pamela y le entregaba el ramillete de novia.

–¡Abuela! ¡Abuela!

Las gemelas la estaban esperando justo en la puerta, de la mano de Mitchell, y se acercaron dando saltos, con las caritas iluminadas al ver a su madre y a su abuela.

Kay sonrió a su marido.

Se habían casado seis meses después de la petición. Había sido una boda sencilla, rodeados sólo de la familia. Las gemelas fueron las damas de honor, y fue una celebración mágica.

Ahora las niñas volvían a ser damas de honor. Leonora había roto el protocolo y le había pedido a Kay que la llevara hasta el altar, y como Mitchell era el padrino de Henry, todo quedaba en familia.

Kay contempló a su marido ocupar su lugar junto a Henry, preparados para su entrada. Tocó su vientre redondeado donde iba creciendo su hijo, el hijo de Mitchell y suyo.

Él había llorado de alegría al ver a su hijo en el monitor, y les contagió la emoción a todos, incluido el médico.

Había sucedido justo en el momento preciso: ahora que Henry se iba a vivir con su madre a Ivy Cottage, y ella había traspasado completamente el negocio de mensajería a su hermano, estaba preparada para convertirse de nuevo en ama de casa.

Le había llevado algún tiempo sentirse cómoda con eso, después de lo duramente que había luchado por algo de independencia con Perry. Pero las cosas eran diferentes con Mitchell, tan absolutamente maravillosas, que todas sus dudas habían ido desapareciendo. Él la amaba de una forma que ella nunca había soñado posible, sólo quería lo mejor para ella, y se sentía la mujer más valorada y adorada del mundo.

Comenzó a sonar la marcha nupcial y Kay y su madre recorrieron la alfombra de la mano, hasta llegar a donde estaban Henry y Mitchell, junto al altar.

La luz del sol entraba por las vidrieras llenando todo de color, y cuando Kay encomendó a su madre a Henry y se sentó en el primer banco, su corazón estaba henchido de gozo.

Amaba al hombre más maravilloso del mundo y él la correspondía. Sus días estaban llenos de calidez y cercanía, con Mitchell disfrutando de la vida en familia; pero era por las noches, cuando se quedaban los dos solos, cuando ella se convertía en la mujer que llevaba dentro.

Hacían el amor de una forma tan maravillosa e increíble, que a veces creía morir del placer que él le proporcionaba. Después, él le decía lo mucho que la amaba. Ella era la mujer de su vida, su tesoro, su razón de vivir.

Y en la tenue oscuridad, ella lo abrazaba y su cuerpo se adaptaba a él mientras le entregaba su corazón y su alma. Se daba entera. Confiaba en él plenamente, y le daba la seguridad que sabía que él necesitaba. El mundo veía a un hombre fuerte, poderoso, implacable; pero había otra parte que nadie conocía excepto ella.

Mitchell se sentó junto a ella en el banco.

–¿Está contenta, amor mío? –le preguntó suavemente mientras acariciaba su vientre.

–Mucho más de lo que puedo decir –respondió con los ojos llorosos.

Sentía la mayor gratitud hacia lo que la vida le había dado: Mitchell, su familia y una nueva vida que iba creciendo en su interior.

Era muy afortunada.